Napoléon ist an allem schuld!

Für Liebelein und Pauli

in Erinnerung an unseren wunderbaren, gemeinsamen Urlaub in Paris im Mai 2015

Juergen von Rehberg

Napoléon ist an allem schuld!

oder

Es begann bei Montereau

Bibliografische Information der Deutschen National-bibliothek:
Die Deutsche Nationalbibliothek verzeichnet diese Publikation in der Deutschen Nationalbibliografie; detaillierte bibliografische Daten sind im Internet über http://dnb.dnb.de abrufbar.

© *2015 Juergen von Rehberg*

Herstellung und Verlag: BoD – Books on Demand, Norderstedt

ISBN: *978-3-7386-2636-0*

„Ist das wahr, Mutter?"

Florence schaute in das entsetzte Gesicht von *Philippe* und nickte.

„Ist das wirklich wahr? Sag es laut! Ich will es hören!"

„Ja, es ist wahr; Paul ist dein leiblicher Vater!"

„Warum erst jetzt? Und auch nur, weil es Maître Renard bei der Testamentseröffnung gesagt hat?"

„Ich werde es dir erklären; aber nicht jetzt. Du bist viel zu aufgewühlt. Beruhige dich bitte erst einmal und dann können wir gern darüber reden."

Florence litt sehr unter der augenblicklichen Situation und sie litt vor allem deswegen, weil ihr Liebling *Philippe* so voller Zorn war. Diesen Wesenszug kannte sie gar nicht bei ihm. Ihr Sohn war ein ausgeglichenes, harmoniesüchtiges Wesen. Und nun das…

„Was gibt es da noch zu reden. Du hast Papa mit Paul hintergangen und das verzeihe ich dir nie!"

Philipp warf mit lautem Knall die Türe hinter sich zu, als er den Raum verließ. Auch das war neu und passte gar nicht so richtig zu ihm.

Auch hatte er seinen gerade neu erworbenen Vater, den er sonst liebevoll, ja beinahe zärtlich *„Onkel Paul"* nannte, einfach nur *„Paul"* genannt.

Und das alles nur, weil der *Maître* bei der Testamentseröffnung im Auftrag seines verstorbenen Mandanten einen Brief an *Philippe* übergeben hatte.

***

Die ganze Geschichte begann an und für sich schon 1814. Genauer gesagt am 18. Februar 1814.

Napoléon hatte seine Truppen bei *Montereau* versammelt, um in einem Handstreich die Brücken über die *Yonne* bei *Montereau*, *Pont-sur-Yonne* und *Sens* zu nehmen. Ziel dieser Aktion war die *Böhmische Armee* unter der Führung von *Fürst Philipp zu Schwarzenberg* aufzuspalten, um ihnen einzeln mit seiner zahlenmäßig überlegenen Armee im Kampf gegenüber treten zu können.

Der württembergische *Kronprinz Wilhelm* befehligte das *württembergische Korps der Böhmischen Armee.* Und das ganze ereignete sich während des Winterfeldzugs der Befreiungskriege, welche 1913 begannen und 1915 in *Waterloo* ihr Ende fanden.

Kurz gesagt, der Plan von *Napoléon* misslang und er zog sich am Abend des 18.02.1814 schmollend in sein Hauptquartier im *Château Surville* zurück.

Zu erwähnen wäre noch, dass die Franzosen ca. 2.000 Mann Verluste zu beklagen hatten und die Alliierten ca. 5.000 Mann. In Summe: ca. 7.000 Mann unsinnige Verluste.

Dieses Wissen kann man aus Geschichtsbüchern entnehmen. Es ist aber beileibe keine Schande über solches Wissen nicht zu verfügen.

Was jedoch viel interessanter ist und auch in keinen Geschichtsbüchern nachzulesen, ist die Geschichte des *Gardegrenadiers Auguste Peyrac* aus *Montpellier*. Dieser Mann war nämlich der Ur-Ur-Ur-Ur-Großvater von *Philippe* und wurde 1785 geboren.

Napoléon hatte zwei Regimenter der *alten Garde*, bei *Forges* unterziehen lassen. Und in einem der beiden diente auch der *Grenadier Auguste Peyrac*. Bevor er in die *„Grande Armée"* eintrat, war er Hufschmied und verfügte als solcher über Bärenkräfte.

Diese waren es auch, welche seinen Kaiser aus einer misslichen Lage befreiten und ihn zum Helden machten.

Ein unachtsamer Soldat, welcher sein Gewehr reinigte, löste versehentlich einen Schuss aus. Und das gerade in diesem Augenblick, als der große *Napoléon* auf seinem weißen Ross vorbei ritt.

Das Pferd scheute, stieg auf und kippte mitsamt seinem Reiter auf die Seite. Da lagen sie nun, die beiden: *Napoléon* auf dem Rücken und das Pferd auf dem rechten Bein des Kaisers.

Ein riesen Gezeter brach aus. *Napoléon* fluchte wie ein Kutscher, der unglückliche Soldat wurde immer kleiner und herbei geeilte Soldaten bemühten sich mit Leibeskräften den Kaiser unter dem Pferd hervor zu ziehen.

Doch so sehr sie sich auch bemühten, es wollte einfach nicht gelingen. Und da schlug die Stunde des ehemaligen Hufschmieds und jetzigen *Gardegrenadiers Auguste Peyrac*.

Zuerst erlöste er das Pferd, welches bei diesem Vorfall den linken Vorderfuß gebrochen hatte, mit einem Schuss. Danach band er die Vorder- und die Hinterbeine mit einem Strick zusammen.

Napoléon, der das alles beobachtet hatte, verzog keine Miene. Erst als umstehende Offiziere die Handlung des Hufschmieds unterbinden wollten, fuhr er seine Offiziere in einem harschen Ton an, sie sollen den Mann gefälligst gewähren lassen.

Auguste Peyrac ging nun auf die andere Seite des Pferdes, nahm den Strick in seine starken Arme, zog mit aller Kraft und wälzte so das Pferd scheinbar mühelos von des Kaisers Bein herunter.

Napoléon stand auf, ging hin zu seinem Retter und umarmte ihn mit einer großen Herzlichkeit. Die umstehenden Soldaten schrien laut *„Vive L'Empereur!"*

Napoleon aber winkte ab und rief voller Ergriffenheit: *„Vive ce courageux soldat!"*

Es war deutlich zu erkennen, wie sehr er den Mut und die Entschlossenheit dieses einfachen Mannes bewunderte. Kein anderer hätte so gehandelt; nicht einmal einer seiner Offiziere. Das imponierte ihm so sehr, dass er den gemeinen Soldaten *Auguste Peyrac* augenblicklich zum

Lieutenant beförderte und ihn in seinen persönlichen Stab aufnahm.

Die Mitglieder seines Stabes verwunderte dies nicht wirklich. Sie waren von ihrem Kaiser ganz andere Sachen gewohnt. Selbst nicht von hoher Herkunft, hatte *Napoléon* immer eine Schwäche für den einfachen Mann. Und an diesem besonderen Tag eben für den frisch gebackenen *Lieutenant Auguste Peyrac*.

Die offenkundige Affinität zu diesem einfachen Mann ging so weit, dass *Napoléon* ihm später sogar, in Anlehnung an seine Rettung bei *Montereau*, den Titel eines *„Comte de Montereau"* verlieh, nebst einem kleinen Herrschaftssitz.

Und so kam der Adel – wenn auch sehr weit unten angesiedelt – in die Familie derer *„von Montereau"*.

***

Die *„Ère napoléonienne"* war zu Ende und damit auch der Dienst am Vaterland für den *Comte de Montereau*. Sein Dienstherr hatte ihn vor Kriegsende noch schnell zum *Colonel* befördert, nebst Verleihung des Ordens *„Légion d'honneur"*.

Diese eigenwillige Aktion des sinkenden Sterns *Napoléon* erzeugte viel Unmut unter den lang gedienten und ehrenwerten Herren Offizieren, welche in *Auguste Peyrac* nur einen *Parvenue* und *Protégée* sahen, der keinesfalls einer der ihren war und auch niemals einer sein würde.

Der Orden wurde am 19. Mai 1802 von Napoléon Bonaparte, damals noch erster Konsul, in der Absicht gestiftet, militärische und zivile Verdienste, ausgezeichnete Talente und große Tugenden zu belohnen. Kein Staatsbürger ist aufgrund seiner Geburt, seines Standes oder seines Religionsbekenntnisses von diesem Orden ausgeschlossen.

Und so blieb den düpierten Herren Generälen und Marschällen nichts anderes übrig als gute Miene zum bösen Spiel zu machen. Sie klopften dem Kameraden *Auguste Peyrac*, pardon, *dem Comte de Montereau*, nach außen gönnerhaft und innerlich schier platzend vor Wut, auf die Schultern und stießen mit einem Glas Champagner auf dessen Wohl an.

Und der *„Empereur vaincu"* sah dies alles mit viel Freude und er lächelte.

Aber die größte Freude empfand ganz sicher der Vierfach-Großvater von *Philippe*, denn er bekam neben dem Orden auch einen Ehrensold, der mit der Verleihung des Ordens gekoppelt war.

Die Glückssträhne des Comte hielt weiter an. Nach dem Krieg ehelichte er *Célestine Fleury*, eine Bauerstochter. Dies war insofern ein Glücksgriff, als besagte *Célestine* ein Händchen für das Praktische hatte.

Die napoleonische Schenkung, in Form eines kleinen Gutsitzes, musste ja irgendwie erhalten werden.
Und was dem ehemaligen Hufschmied nicht wirklich eigen war, nämlich wirtschaftliches Denken, das war in

reichem Maße in dem schönen Köpfchen von *Célestine* vorhanden.

Diesem entsprang die glorreiche Idee zum Anbau von Obst und Gemüse.

Schon nach kurzer Zeit wurde ein prosperierendes Unternehmen daraus und der fruchtbare Boden machte *Auguste* und sein liebes Eheweib *Célestine* zu wohlhabenden Menschen.

Fruchtbarer Boden war auch der Leib von *Célestine*. Der Samen ihres *Auguste* ging in ihr auf und so wurden *Marie-Claire, Yvette* und *Ernestine* in sehr kurzen Zeitabständen geboren.

Erst im Oktober 1818 erfüllte sich der sehnlichste Wunsch des Comte. Nach den drei Comtessen kam endlich der ersehnte Erbe auf die Welt: *André-Marie de Montereau.*

***

Als *André-Marie* neunzehn Jahre alt war, trat er in die Fußstapfen seines Vaters und übernahm dessen Lebenswerk, was diesen wiederum mit großem Stolz erfüllte.

Die drei Schwestern waren zu jener Zeit bereits alle unter der Haube und lagen dem alten *Comte* nicht mehr auf der Tasche, was er als äußerst angenehm empfand.

Dem Himmel war es gedankt, dass die Mädchen alle nach der Mutter kamen; denn *Auguste* war zwar stark wie ein Bär, eine Schönheit war er aber nicht.

André-Marie indes war ein rechter Beau und die Damen lagen ihm zu Füßen. Er genoss es sichtlich mit ihnen zu spielen, war aber jedweder Absicht fern auch mit einer von ihnen ein Ehebündnis einzugehen.

„Vergnügen ja – Verbindung nein!", das war seine Devise. Dem Herrn Vater missfiel diese Einstellung sehr; er vermochte aber den jungen Springinsfeld nicht zu einer Eheschließung zu bewegen.

Das Schicksal geht oft verschlungene Wege. So auch in diesem Fall.

Eine junge Wäscherin aus dem Dorf mit Namen *Bernadette* verdrehte dem jungen Comte den Kopf so lange, bis er diesen verlor.

Wenn sie am Bach kniete und mit vorgeneigtem Oberkörper die Wäsche wusch, quollen ihre Brüste so sehr hervor, dass sie drohten das Mieder zu sprengen.

Schon nach wenigen Wochen erbarmte sich der zufällig immer wieder vorbei kommende *André-Marie* der gequälten Brüste der Jungfer und verhalf ihnen zur Freiheit.

Das ganze passierte im Schutze eines Heustadels und blieb auch nicht ohne Folgen. Die Jungfer *Bernadette*, welche diese sicher schon vor der schicksalhaften Begegnung mit dem jungen Comte nicht mehr war, trug einen Bastard unter ihrem Herzen.

Auguste de Montereau war wütend auf seinen Sohn, als er davon erfuhr. Er musste mit aller Macht zurückgehalten werden, damit er seinen Sohn nicht verprügelte. Seine Gattin *Célestine*, welche ihren *André-Marie* über die Maßen liebte, hatte alle Hände voll zu tun, um den aufgebrachten Gatten zu räsonieren.

Obwohl *Auguste* ein schlichtes Wesen war mit begrenzten geistigen Mittel, so hatte er doch ein sehr ausgeprägtes Ehrgefühl. Er zwang seinen Sohn zum Ehebündnis mit der Wäscherin.

André-Marie willigte ein, wusste er doch, dass der Vater nicht umzustimmen war und außerdem versprach das Zusammenleben mit *Bernadette* viele unterhaltsame Stunden.

Dass diese Annahme auf einem großen Irrtum beruhte, sollte er schon sehr bald erfahren.

Im Februar 1842 erblickte ein Knabe die Welt, um das Geschlecht derer *„von Montereau"* in dritter Generation weiter zu führen. Er war gesund und stimmte den Großvater *Auguste* wieder etwas milder.

Die Liebe zu seiner Schwiegertochter hielt sich sehr in Grenzen. Während *Auguste* nie vergessen hatte, von wo er gekommen war, vergaß das *Bernadette* nur allzu schnell.

Sie scheuchte die Bediensteten herum, als wäre sie schon von Geburt an eine *„Hochwohlgeborene"* gewesen.

André-Marie ließ sie schalten und walten und er wehrte sich auch nicht, als *Bernadette* den Namen für den

Knaben bestimmte. Wohlgemerkt bestimmte und nicht vorschlug. Ihre Wahl fiel auf *„Honoré"*.

Dies geschah in Anlehnung an den berühmten Schriftsteller *Honoré de Balzac*, der zu jener Zeit in aller Munde war.

*Bernadett*e hatte zwar noch nie etwas von ihm gelesen, wobei sich die Frage stellte, ob sie überhaupt je etwas gelesen hatte, aber sie wollte das unbedingt. Ihr Sohn sollte, ja musste *„Honoré"* heißen.

Auguste hatte es aufgegeben aus dieser Frau ein ordentliches Frauenzimmer zu machen. Außerdem wäre das ja eher die Aufgabe seines Sohnes gewesen.

Dieser vertrieb sich die Zeit in diversen Salons, nachdem ihm sein Weib die ehelichen Pflichten verweigert hatte. Sie wollte nur die Frau eines *Comte* werden, um nie wieder Wäsche wachen zu müssen.

Und das hatte sie ja schließlich auch erreicht. Und außerdem hatte sie den Erhalt des Namens *„de Montereau"* durch die Geburt ihres Sohnes gesichert. Das musste genügen und verdiente höchste Anerkennung.

Nur wenige Jahre später verstarb *Auguste de Montereau*.

Jetzt brachen neue Zeiten an und sie verhießen nichts Gutes…

Das neue Familienoberhaupt, *Comte André-Marie de Montereau,* wollte in die Fußstapfen seines Vaters treten; aber sie waren ihm viel zu groß.

Anstatt sich um das Gut zu kümmern, verbrachte er lieber seine Zeit in zweifelhaften Etablissements. Mit Frauen, Alkohol und Kartenspiel half er sich über sein Unvermögen und sein eigenes sich Bedauern hinweg.

Es dauerte auch nicht lange, bis er völlig in eine Welt des Scheins eingetaucht war. Er labte sich an den Zuwendungen falscher Freunde, die ihm den Rücken kehren würden, sobald der Beutel des Gönners leer wäre.

Honoré, der Liebling seiner *Grand-mère Célestine*, litt sehr darunter, dass sich sein Vater nicht mehr um ihn kümmerte. In den ersten Jahren des Heranwachsens war das noch ganz anders.

Da renommierte sein Vater damit, was für ein hübscher und kluger Junge sein *Honoré* wäre. Das ließ jedoch schon sehr bald nach und war wohl nicht zuletzt darauf zurück zu führen, dass sich seine Eltern nicht verstanden.

Von seiner Mutter erwartete *Honoré* nichts. Sie bedachte ihn von Geburt an mit einer Gefühlskälte, wie es unmenschlicher nicht sein konnte. *Bernadette* war zu keiner Zeit eine Mutter, sie war ganz einfach nur eine *„Gebährmaschine mit einem stark ausgeprägtem Kalkül".*

So blieben nur noch die Großeltern. An den Großvater konnte sich *Honoré* nicht wirklich erinnern. Dazu war er noch zu klein, als *Grand-père August*e gestorben ist.

Célestine hatte den Jungen von Anbeginn in ihr Herz geschlossen. Sie führte ihn behutsam an die Leitung des Guts heran, in der Hoffnung, er würde eines Tages ihr Werk und das ihres geliebten Gatten *Auguste* weiterführen.

Als *André-Marie* das Zeitliche segnete, war *Honoré* gerade einmal sechzehn Jahre alt. Der unsittliche und ausschweifende Lebenswandel des Vaters hatte seinen Lebensfaden durchgeschnitten. Er hatte sich bei einer der vielen Dirnen die *"Kavalierskrankheit"* eingefangen.

Die Beerdigung fand in aller Stille statt. Ein großzügig honorierter Pfaffe fand schmeichelnde Worte für den Verblichenen und dann wurde er, neben seinem Vater, in der Familiengruft beigesetzt.

Und der arme *Auguste*, dem das sicher nicht recht war, konnte sich noch nicht einmal dagegen wehren.

Was *Bernadette* betraf, so verließ sie schon viel früher das Gut. Man brachte sie in einem vergitterten Karren in ein *Tollhaus*, wo man bestrebt war ihr das Böse aus dem Gehirn zu vertreiben, wo sich die Sünde befand.

Dort ließ man ihr Behandlungen angedeihen mit Ruten, Stöcken, Peitschen, sowie mit dem Drehstuhl (auf ihm wurde der Patient so lange gedreht, bis ihm Blut aus Mund und Nase lief oder er das Bewusstsein verlor).

Auch Schockkuren (wie z. B. Schneebad oder Sturzbad, d. h. Eintauchen in eiskaltes Wasser), Erzeugung körperlicher Erschöpfung (Zwangsstehen, Brechmittel, Abführmittel, Hungerkuren), Peitschung mit Nesseln oder die Einreibung der Kopfhaut mit Substanzen wie z.b. Brechweinstein, welche schmerzhafte eitrige Geschwüre hervorriefen, brachten nicht das gewünschte Ergebnis.

Desweiteren kamen Senfpflaster, Ameisen, Elektrizität und glühende Eisen zum Einsatz; aber ohne nennenswerten Erfolg.

Das alles geschah weit ab vom Landsitz derer *von Montereau*. Man hatte sich schon lange von dieser unseligen Frau losgesagt. Ihr Name wurde nie mehr erwähnt.

So ist es auch nicht bekannt, wann ihre verderbte Seele den Körper verlassen hat und wo ihre Gebeine ruhen.

Auf keinen Fall in der Familiengruft. Das hätte dem *Comte Auguste* gerade noch gefehlt…

***

Aus dem Knaben *Honoré* war inzwischen ein tüchtiger Verwalter geworden, der den drohenden Ruin des Gutes mit großer Mühe abwenden konnte.

Grand-mère Célestine war von ganzem Herzen stolz auf ihren Enkel und sie war sich sicher, ihr *Auguste* wäre es auch gewesen.

Der siebzigste Geburtstag der Großmutter stand bevor und im Haus wurde schon alles für die Feierlichkeit hergerichtet.

Célestine fühlte sich in diesen Tagen nicht sehr wohl, ließ sich aber nichts anmerken. Sie schlief sehr viel; auch untertags. Das Herz war schon sehr müde geworden ob der vielen Vorkommnisse ihres ereignisreichen Lebens.

Sie verspürte immer mehr den Wunsch an die Seite ihres lieben Gatten gebettet zu werden. Allein die Sorge um *Honoré*, dass dieser eine gute Ehefrau fände, hielt sie noch am Leben.

Diese Sorge sollte ihr jedoch schon bald genommen werden…

Honoré hatte schon immer ein großes Faible für Pferde; aber die finanzielle Lage der zurückliegenden Jahre erlaubte es nicht Pferde zu halten.

Jetzt war das anders. Die letzte Ernte war üppig ausgefallen und die Verkaufserträge spülten ordentlich Geld in die Kasse.

Und dann stand er im Stall: *Achilles*, ein schwarzer Hengst von unglaublicher Schönheit, eine Sinfonie aus Kraft und Stolz.

Die wenige Zeit, welche neben der Arbeit blieb, nützte *Honoré,* um in wildem Galopp mit seinem *Achilles* durch die Wälder zu streifen.

Das waren die Momente der Freiheit und der Unbekümmertheit und *Honoré* genoss sie in vollen Zügen.

Wenn er nach einem solchen Ausritt mit glühenden Wangen der *Grand-mère* davon erzählte, erkannte er gar nicht den sorgenvollen Blick, welcher von ihr ausging.

Natürlich gönnte sie ihrem Enkel das Vergnügen und natürlich freute sie sich mit ihm. Und dennoch, die Sorge blieb, es könnte ihm etwas Schlimmes zustoßen.

Wenn sie doch nur eine liebevolle Frau an seiner Seite wüsste, dann würde sich die alte Dame um vieles besser fühlen; aber so…

Jeden Abend, wenn sich *Célestine* zur Nachtruhe bettete, gedachte sie ihres lieben Gatten und bat Gott um den Seelenfrieden für *Auguste*. Und sie bat auch um eine liebe Gattin für *Honoré*.

Der Herr im hohen Himmel musste *Célestine* sehr lieb gehabt haben, denn er erfüllte ihr eines Tages ihren Herzenswunsch.

Als *Honoré* wieder einmal mit *Achilles* über die Felder und durch die Wälder galoppierte, hörte er ein leises Weinen. Er ging dem nach und fand – am Boden liegend und sich den schmerzhaften Fußknöchel haltend – eine wunderschöne junge Frau.

Langes, blondes Haar, ein kleines, feines Gesicht mit dunklen Augen und ein wohlgeformter Körper ließen ihn beinahe zu atmen vergessen.

„*Was ist Euch geschehen, schönes Fräulein?*", fragte er zaghaft.

„*Das seht Ihr doch; ich bin gestürzt. Aphrodite, dieses Miststück, hat mich abgeworfen.*"

Honoré war verwundert über diese Wortwahl. Das hätte er aus diesem hübschen Mund nicht erwartet.

„*Das tut mir leid, schönes Fräulein; darf ich helfen?*", sagte er beflissen und beugte sich zu der Verletzten hinunter.

„*Da sag ich nicht nein, edler Herr.*"

„*Ich bin kein edler Herr*", mein schönes Fräulein."

„*Wer seid Ihr denn? Und sagt nicht immer „schönes Fräulein" zu mir.*"

„*Bitte, verzeiht, dass ich mich nicht vorgestellt habe. Ich bin Honoré de Montereau.*"

Das Fräulein sah *Honoré* mit großen Augen an.

„*Seid Ihr etwa mit dem großen Kriegshelden unter Napoléon verwandt?*"

„*Nun ja; ich bin sein Enkel. Und wer seid Ihr, wenn ich mir diese Frage erlauben darf?*"

„*Das schöne Fräulein, wie Ihr zu sagen beliebt, heißt Charlotte de Rambour.*"

„Ich bin entzückt eine so wunderschöne Bekanntschaft machen zu dürfen, Charlotte de Rambour."

„Ich danke Euch für die schmeichelnden Worte; aber sagt, wolltet Ihr mir nicht helfen?"

„Das wollte ich und das will ich noch. Erlaubt mir bitte Euch auf mein Pferd zu heben, damit ich Euch wohl nach Hause geleiten kann."

„Seid Ihr sicher, dass es uns beide trägt oder wollt Ihr nicht lieber zu Fuß gehen?

Die Konversation der beiden vom Schicksal zusammen geführten Menschen hatte ordentlich Fahrt aufgenommen und eine gewisse Scheu, welche anfänglich noch Begleiter der Unterhaltung war, hatte sich in Luft aufgelöst.

Das galt zuvorderst wohl mehr für *Honoré*, denn für die schöne Demoiselle. Ihr Parlieren war von großer Behändheit und sie blieb ihrem Gegenüber, wer oder was immer das sein würde, nichts schuldig.

Honoré fand großen Gefallen und das Funkeln in seinen Augen ließ das deutlich erkennen. In *Charlottes* Gesicht, der das nicht entgangen war, zog eine feine Röte auf.

Das wiederum überraschte *Honoré* und ließ ihm *Charlotte* um ein vielfaches liebenswerter erscheinen. Dieses bezaubernde Wesen war so recht nach seinem Geschmack.

Achilles hielt still, als *Honoré* die gepeinigte Reiterin in den Sattel hob. Er wusste eben, was sich einer jungen Dame gegenüber gehört.

„Braver Achilles!", sagte *Honoré* und stieg hinter Charlotte auf sein Pferd.

„Euer Pferd heißt Achilles?", fragte Charlotte voller Erstaunen.

„Ja, warum verwundert Euch das?, gab Honoré zurück.

„Weil der Name meiner Stute, ebenso wie Euer Hengst, einen Namen aus der griechischen Sagenwelt trägt."

„Ja, Ihr habt Recht. Ist das nicht lustig?"

„ Ja, das ist lustig und irgendwie auch seltsam."

„Wieso seltsam? »

„ Ich weiß nicht ; halt eben seltsam."

„Ich weiß gar nicht, wohin ich Euch bringen darf?"

„Auf Schloss Rambour, mein Retter und Held."

„Dann weist mir bitte den Weg, schönes Fräulein."

„Ihr seid unverbesserlich, Honoré de Montereau."

Honoré ließ *Charlotte* das „letzte Wort" und genoss ganz einfach den Augenblick. Was könnte sich ein Mann mehr wünschen als eine wunderschöne und anmutige Frau in seinem Arm zu halten.

Schon bald tauchte *Château Rambour* vor seinen Augen auf. Es war ein großes Anwesen und nicht zu vergleichen mit seinem kleinen Gut. Ein Gefühl der Beklemmung beschlich ihn.

„Der Fisch an meiner Angel ist wohl doch zu groß für mich", dachte er still bei sich und ein Hauch von Traurigkeit legte sich sanft auf sein Gemüt.

Honoré wollte *Charlotte* absetzen und gleich wieder nach Hause zurück reiten; aber *Charlotte* bestand darauf ihren Retter dem Vater zu präsentieren.

Die bevorstehende Begegnung mit dem *Marquis Guillaume deRambour* bereitete *Honoré* ziemliches Unbehagen. Zum einen, weil der *Marquis* auch den Titel *„Pair de France"* trug, was ihn zum Angehörigen des Hochadels machte, und zum anderen, weil er nicht gebührlich genug gekleidet war, um diesem hochnoblen Herrn gegenüber zu treten.

Dass dieses Unbehagen unbegründet war, offenbarte sich *Honoré* im selben Augenblick, als er vor dem *Marquis* stand.

Ein Mann in schlichtem Gewand mit einer Ausstrahlung, die einen schon von weitem jedwede Angst nahm. Ein Lächeln, eines das jedes Gegenüber einlud näher zu treten.

„Ihr seid also der Retter meines Augensterns", empfing er *Honoré*, *„kommt, lasst mich Euch umarmen."*

Und bevor *Honoré* etwas erwidern konnte, fühlte er sich vom *Marquis* umarmt und auf beide Wangen geküsst.

Wein wurde gereicht und eine zwangslose Plauderei kam in Gange.

„Wer sind Eure Eltern, lieber Freund?"

„Meine Eltern sind beide tot. Ich lebe mit meiner Großmutter zusammen auf Gut Montereau."

„Montereau? Da war doch etwas. Seid Ihr am Ende gar mit dem Helden von Montereau verwandt?"

„Das wird mich wohl bis an mein Lebensende begleiten", dachte *Honoré* und er antwortete ein Mal mehr: *„Ja, das war mein Großvater."*

Jetzt gab es kein Halten mehr. *Honoré* musste alles erzählen, was er über seinen *Grand-père* wusste. Das Meiste war ihm selbst nur aus Erzählungen der *Grand-mère* bekannt; aber das war in diesem Augenblick vollkommen bedeutungslos.

„Es ist mir eine große Freude mit dem Enkel des Helden von Montereau zu parlieren", sagte der *Marquis* und Glas um Glas köstlichen Weins rannte dabei durch die Kehlen der beiden Männer.

Honoré bekam allmählich Bedenken, ob er noch mit seinem *Achilles* nach Hause finden würde.

„Ich möchte Euch einen Wunsch erfüllen, Enkel des großen Eugene de Montereau."

Diese Ansage des *Marquis* überraschte *Honoré* völlig.

„Sagt mir, was Ihr wünscht und wenn es in meiner Macht steht, so werde ich den Wunsch von Herzen gern erfüllen."

Bevor *Honoré* noch recht überlegen konnte, hörte er sich sagen: *„Feiert den siebzigsten Geburtstag meiner Grand-mère mit uns, zusammen mit Eurer lieblichen Tochter Charlotte."*

Honoré schaute in das überrasche Gesicht von *Charlotte*, die Blicke der Dienerschaft flogen wie Pfeile hin und her und *Honoré* wünschte sich nichts mehr als im Erdboden versinken zu können.

„Das ist eine großartige Idee, mein junger Freund; wir kommen sehr gerne. Nicht wahr, mein Augenstern?"

„Danke, lieber Gott, dass du mir Erlösung zuteil hast werden lassen. Ich werde dir eine große Kerze spenden, sobald ich wohl zuhause angekommen bin", bedankte sich Honoré höheren Orts und große Erleichterung ergriff Besitz von ihm.

Honoré verabschiedet sich artig vom *Marquis de Rambour*, gab seiner Angebeteten einen Handkuss und schwang sich auf sein Pferd.

Achilles musste wohl erkannt haben, dass sich sein Reiter in einem leicht derangierten Zustand befand und er übernahm es die richtige Richtung für den Nachhauseweg einzuschlagen.

Als *Honoré* der Großmutter die Geschichte erzählte, fiel diese beinahe in Ohnmacht.

„*Bist du von Sinnen? Weißt du denn nicht, was ein „Pair de France" ist? Du kannst doch einen solchen Mann nicht zu meinem Geburtstag einladen.*"

Honoré ließ die Strafpredigt von *Célestine* über sich ergehen ohne eine erkennbare Regung zu zeigen. War es der unmäßige Genuss von Wein, war es das berauscht Sein von seiner *Charlotte*? Wer weiß das schon. Und außerdem war es völlig egal.

Der Marquis de Rambour, Pair de Paris und seine liebreizende Tochter, *Charlotte de Rambour* würden den Geburtstag der einzigartigen *Célestine de Montereau*, Witwe des *Kriegshelden Auguste Honoré de Montereau* und *Grand-mère* des *Honoré de Montereau* zu einem unvergessenen Erlebnis machen.

Der große Tag rückte immer näher und emsiges Treiben auf dem Gut machte dies eindrucksvoll erkennbar.

Und tatsächlich, der *Marquis de Rambour, Pair der Paris* kam in Begleitung seines Augensterns, *Charlotte de Rambour*, nebst Gefolge pünktlich zu dem großen Fest.

Und dann geschah etwas Unglaubliches. Das Geburtstagskind und ihr hochwohlgeborener Gast bildeten sofort eine Symbiose.

Es bedurfte noch nicht einmal der Aufnahme größerer Mengen Alkohols, um Gedanken laut vernehmlich zu äußern, ohne auf anwesende Personen Rücksicht zu nehmen.

„Meine teure Célestine. Seid Ihr nicht, ebenso wie auch ich, der Meinung, dass diese beiden Menschenkinder für einander geschaffen sind?"

Um wen es sich hierbei handelte, war jedem im Raum Anwesenden zweifelsfrei klar.

„Würdet Ihr einer Vermählung dieser beiden wunderbaren jungen Menschen zustimmen, auf dass sich unsere beider Häuser vereinen mögen?

„Es wäre mir die Erfüllung eines Lebenstraumes, wenn diese beiden Menschen, dich ich von Herzen liebe, in einer Ehe vereinigt sehen könnten."

„Dann soll es so sein. Kommt her, meine Lieben. Ich möchte Eure Verlobung aussprechen."

Honoré und *Charlotte* glaubten zu träumen, als sie solches vernahmen. *Charlotte* vielleicht nicht so sehr, wie *Honoré*, kannte sie doch ihren Vater und wusste, dass Widerspruch keine Option war.

Honoré hingegen erkannte die Großmutter nicht wieder. So etwas hatte es zuvor noch nie gegeben. Als er ihr in die Augen sah, erkannte er Tränen. Es waren Tränen des Glücks, umsäumt von einem strahlenden Lächeln.

Und in diesem Augenblick wusste er, dass dies eine unwiederbringliche Gelegenheit war der *Grand-mère* all die Liebe und Fürsorge zu danken, die sie ihm ein Leben lang entgegengebracht hatte.

Und zu *Charlotte* gewandt, sprach er: *„Wenn Ihr mich zum Manne nehmen wollt, so werde ich mit großem Entzücken JA sagen und es wird mir Ehre und Verpflichtung sein Euch glücklich zu machen."*

Und *Charlotte* antwortete: *„Mein Liebster, von ganzem Herzen will ich Euch eine gute Ehefrau werden und eine gute Mutter unserer Kinder.*

Was an diesem Tage geschah ist so unbeschreiblich, dass es jeder Seele, die das je erfahren wird, unglaublich scheinen mag. Und doch ist es genau so geschehen und zwar am 30. August 1862 auf dem Gut derer *„von Montereau."*

Die Tage bis zur Hochzeit vergingen wie im Fluge. Normalerweise hätten die Verlobten eine geraume Zeit verstreichen lassen bis zur Hochzeit; aber das hohe Alter der *Grand-mère* und ihr schlechter Gesundheitszustand drängten zur Eile.

Honoré wollte die Hochzeit auf keinen Fall ohne *Célestine* feiern und sowohl *Charlotte* als auch ihr Vater, der *Marquis*, sahen das ebenso.

Honoré und *Charlotte* staunten nicht schlecht, als am frühen Morgen eine Kutsche mit vier vorgespannten Rössern auf den Hof gefahren kam.

Die prächtig herausgeputzte und mit Blumen bekränzte Kutsche war wunderschön, ebenso wie die vier Rösser, deren silbriges Geschirr in der Sonne blitzte.

Und auf dem Kutschbock saß, neben dem Kutscher sitzend und die Peitsche schwingend, kein geringerer als der *Marquis de Rambour*, in Kürze der Schwiegervater von *Honoré*.

Honoré war hellauf begeistert, als er das sah. Das war ein Schwiegervater, wie es ihn besser nicht geben konnte. Ein Mann von echtem Schrot und Korn.

Charlotte, die gerade für die Hochzeit angekleidet wurde, hörte durch das offene Fenster, wie die Kutsche vor fuhr. Und sie hörte ihren Vater laut rufend auf dem Kutschbock.

Sie eilte zum Fenster und sah hinab. Was sie da erblickte erstaunte sie nicht einen einzigen Moment.
Sie kannte ihren Vater nicht anders, als lebensfroh, stets gut gelaunt und wohl auch ein wenig exaltiert. Und all das liebte sie an ihm. Er hatte sie ohne eine Frau an seiner Seite groß gezogen; denn die Mutter von *Charlotte* war im Kindbett gestorben.

Das war damals eine schwere Zeit. Der *Marquis* wurde von allen Seiten bedrängt sich doch eine neue Frau zu nehmen, damit die kleine *Charlotte* eine Mutter hätte.

Aber der *Marquis* weigerte sich penetrant. Anstatt seine Liebe einer neuen Ehefrau zu geben, gab er sie von ganzem Herzen seiner kleinen *Charlotte*.

Sein Verhalten wurde nicht von allen goutiert und viele seiner edlen Freunde wandten sich ab, vielleicht nicht zuletzt auf Geheiß ihrer Ehefrauen. So manche Mutter hätte wohl gern die Hand ihrer Tochter in die Hand des *Marquis* gegeben.

Aber der *Marquis* wies solche Avancen mit der angebotenen Höflichkeit zurück. Und das verstimmte so einige. Man bezeichnete ihn als Sonderling, was den *Marquis* aber nicht wirklich störte.

Die Einladungen zu gesellschaftlichen Ereignissen wurden weniger und es wurde ruhiger auf *Château Rambour*. Es drehte sich alles nur noch um den kleinen Wirbelwind *Charlotte*.

Der kleine Augenstern wurde größer und wuchs zu einem schönen Fräulein heran. Der *Marquis* ließ seiner Tochter viele Freiheiten, nicht jedoch ohne ihr Grenzen aufzuzeigen, die zu überschreiten auch Folgen mit sich brächten.

Charlotte musste unweigerlich an diese Zeiten zurück denken, als sie ihren Vater, ausgelassen wie ein kleines Kind, auf dem Kutschbock sitzen sah.

Ihre Augen wurden feucht und ein großes Gefühl der Dankbarkeit überströmte sie.

Sie schickte ein kleines Gebet gen Himmel, um sich für eine sorglose Kindheit und Jugend zu bedanken, welche ihr durch ihren Vater möglich gemacht worden waren.

Honoré war zu seinem Schwiegervater geeilt, um die prachtvolle Kutsche näher zu besehen.

„Mit diesem Gespann werdet ihr in die Kirche gefahren", begrüßte ihn der *Marquis,* nicht ohne seinen Eidam herzlich zu umarmen und zu küssen.

„Das ist ja unglaublich, verehrter Herr Schwiegervater", entgegnete Honoré mit großer Herzlichkeit.

„Das ist aber noch nicht alles", fuhr der *Marquis* fort, *„denn diese Kutsche, mitsamt der Rösser, ist meine Hochzeitsgabe."*

Honoré war sprachlos. Das war ein treffliches und über die Maßen großzügiges Geschenk.

Die Hochzeit wurde mit viel Prunk gefeiert. Die Tische bogen sich unter der Last köstlicher Speisen und edler Weine. Musikanten spielten auf, es wurde gespeist, getrunken, getanzt und gelacht.

Célestine hatte ihren Enkel nie glücklicher erlebt als an diesem Tag. Die Braut war wunderschön anzusehen und der Brautvater strahlte mit der Sonne um die Wette.

Und über allem spannte sich ein blauer Himmel mit vielen kleinen, weißen Wolkentupfern und machte den Tag zu etwas ganz Besonderem.

Die Trauung in der kleinen Dorfkirche war ein Ereignis, welches alle Bewohner der Gegend herbei strömen ließ.

Die Hochzeitsgesellschaft selbst war überschaubar. Von Seiten der Braut kamen nur ein paar wenige, nahe Verwandte und die Verwandtschaft von *Honoré* bestand nur aus seiner *Grand-mère*.

Es hat sicherlich große Enttäuschung bei einigen Leuten gegeben, die vergeblich auf eine Einladung gehofft hatten. Der *Marquis* hatte nicht vergessen, wie sich ehemals gute Freunde damals abgewandt hatten und *Charlotte* war mit seiner Entscheidung mehr als zufrieden.

So wurde aus der Hochzeit eine sehr intime Angelegenheit, welche von Harmonie getragen ward und dem Glücklichsein zweier junger Menschen, welche das Schicksal auf wundersame Weise zusammen geführt hatte.

Der Brautvater kümmerte sich rührend um *Célestine*, die mit einer tiefen Zufriedenheit ihren Blick nicht von den strahlenden Brautleuten wenden konnte.

Ihre Gebete waren erhört worden und sie fühlte, wie sich eine große Last von ihrer Schulter löste. Jetzt konnte sie diese Welt verlassen, frei von Sorge um ihren geliebten *Honoré*.

Als sie sich zu Bett legte, war sie sehr erschöpft. Der ganze Trubel hatte sie doch ziemlich angestrengt; aber sie hätte ihn um nichts in der Welt missen mögen.

Sie faltete ihr Hände zum Gebet, wie sie das jeden Abend machte und bat den lieben Gott um einen letzten Gefallen.

Sie bat ihn, er möge sie erst nach Mitternacht zu sich rufen. Der Hochzeitstag von *Honoré* und *Charlotte* sollte ein Freudentag bleiben und in jedem darauf folgenden Jahr nicht mit Trauer verbunden sein.

Und der hohe Herr im Himmel erfüllte die Bitte von *Céléstine*. Er wartete nach Tagesbeginn noch eine Stunde, bevor er seine treue Tochter *Céléstine* ihrem *Auguste* zuführte, der schon sehnsüchtig auf sie gewartet hatte.

Céléstine hatte schon Tage vor der Hochzeit einen Brief geschrieben und ihn am Hochzeitstag dem *Marquis* übergeben, mit der Bitte diesen am Folgetage an *Honoré* auszuhändigen.

Als *Honoré* den Brief las, brach eine Tränenflut über ihn herein. Er ließ ihr freien Lauf und er hatte große Mühe durch den Tränenschleier hindurch den Brief lesen zu können.

„Mein liebster Honoré!
Ich weiß, dass dich dieser Brief sehr schmerzen wird, ist er doch mit meinem Ableben verbunden. Weine nur, wenn es dich danach drängt; denn die Tränen reinigen deine Seele und mildern deinen Schmerz.
Ich habe eine aufregende Zeit hinter mir, die mir vieles genommen, aber auch sehr viel gegeben hat.
Es hat mir beinahe die Seele aus dem Leib gerissen, als mir dein Grand-père, mein über alles geliebter Auguste genommen wurde. Ich habe damals mit Gott gehadert

und Gott hat mir verziehen. Es ist wohl so, dass ein Mensch, den man von Herzen liebt, immer viel zu früh verstirbt. Und das ganz egal, wie alt er ist.
Du warst damals noch keine zwei Jahre alt, als dein Grand-père gestorben ist und doch warst du mir mehr Trost, als du dir vorzustellen vermagst.
Und dabei hattest du selbst keine schöne Kindheit. Eine Mutter, die keine Mutter war und ein Vater, der ein Weichling und ein Versager war. Ich sage das, obwohl er mein Kind war und es tut mir auch heute noch weh.
Und dennoch ist aus dir etwas geworden, worauf ich von ganzem Herzen stolz bin. Zum großen Glück trägst du die Eigenschaften deines Großvaters in dir und nicht die deiner unseligen Eltern. Und wer weiß, vielleicht ist ja auch ein wenig etwas von mir dabei.
Ich kann meine Augen beruhigt schließen, weiß ich doch die liebe Charlotte neben dir. Sie ist ein wunderbares Geschenk und eine rechte Gottesgabe.
Behandle sie gut, schenke ihr all deine Liebe und mit Gottes Hilfe wird euch ein reiches Leben beschieden sein.
Ich bete für euch und für eure Kinder, die euch der Herr im Himmel schenken möge.
Ich werde, zusammen mit deinem Grand-père, immer über euch wachen und ich werde bei euch sein, bei allem, was ihr tut.
So umarme ich dich ein letztes Mal in meinem Gedanken und ich drücke dir einen dicken Kuss auf, wie ich das schon gemacht habe, als du noch ein Kind warst.

In ewiger Liebe
Deine Grand-mère

Honoré las diesen Brief wieder und wieder. Dann gab er ihn *Charlotte* zu lesen. Auch sie wurde von der unendlich großen Liebe erfasst, mit welcher der Brief geschrieben worden war.

Sie nahm ihren Liebsten in den Arm und wiegte ihn wie ein Kind. Und was sie dann sagte, war Labsal auf die wunde Seele von *Honoré*:

„Sie wird uns allen fehlen. Deine Grand-mère war eine ganz besondere Frau. Ich durfte sie nur kurze Zeit erleben; aber ich habe sie sofort in mein Herz geschlossen."

Honoré sah seiner *Charlotte* in die Augen und eine Wärme umfing ihn, so als würde er in die Augen von *Célestine* schauen. Wie oft hatte sie ihn getröstet, wenn seine kindliche Seele wieder einmal Schaden genommen hatte.

Und da wusste er, dass die Liebe seiner *Grand-mère* in *Charlotte* weiter leben würde. Und ein wunderbares Gefühl des Trostes wischte ihm die Tränen fort.

Charlotte machte da weiter, wo *Célestine* aufgehört hatte. Sie hatte ebenso ein Händchen für das Gut wie sie und hinzu kam, dass mit *Château Rambour* ein neuer Abnehmer für Obst und Gemüse hinzu gekommen war.

Und als sie *Honoré* eines Tages mitteilte, dass sie ein Kind unter ihrem Herzen trug, da wollte das Glück schier aus allen Nähten platzen.

***

Im Frühjahr 1864 erblickte *Célestine-Hélène de Montereau* das Licht der Welt.

Charlotte hatte Honoré den Namensvorschlag gemacht. Célestine als Hommage an die Grand-mère und Hélène als Erinnerung an die verstorbene Mutter von Charlotte.

Honoré war ebenso angetan und berührt von diesem Vorschlag wie der *Marquis*.

Noch bevor *Célestine-Hélène* ihre ersten Schritte machen konnte, hatte ihr *Grand-père Guillaume* schon ein Pony geschenkt.

Charlotte konnte ihren Vater nur mit großer Mühe zurück halten die kleine *Cé-Cé* – so nannten alle den kleinen Sonnenschein – auf das Pferd zu setzen.

"Aber du bist doch auch schon in Cé-Cé's Alter auf deinem Pferd gesessen," argumentierte der Marquis.

"Das mag wohl sein", entgegnete *Charlotte*, *"ich konnte mich ja nicht wehren und Mama hätte das sicher nicht erlaubt."*

Kaum dass sie es sagte, hätte sie sich auf die Zunge beißen können. Wie konnte das passieren. Was hatte sie geritten ihren Vater so zu verletzen.

Sie sah in sein Gesicht und wollte ihn um Verzeihung bitten; doch bevor sie dazu kam, hatte sie der *Marquis* in den Arm genommen und mit lautem Lachen gesagt:
"Du hast ja Recht, mein Mädchen; du hast ja Recht..."

Charlotte musste wieder einmal erkennen, was für ein wunderbarer Mensch doch ihr Vater war. Natürlich war das leichtfertig sie als ganz kleines Kind auf ein Pferd zu setzen; auch wenn es nur ein kleines Pony war.

Doch alles, was ihr Vater tat, war stets von Liebe und Fürsorge getragen und er hätte ihr Wohlbefinden und ihre Gesundheit nie leichtfertig aufs Spiel gesetzt.

Zugegeben, die Sache mit dem Pony war damals nicht so ganz in Ordnung; aber ähnliches hat sich nie wieder zugetragen.

Cé-Cé entwickelte sich prächtig und mit ihr ging jeden Morgen die Sonne auf und am Abend wieder unter. *Honoré* war der stolzeste Vater auf der Welt und es wäre ihm nie in den Sinn gekommen sein Bedauern über einen nicht vorhanden männlichen Erben auszudrücken.

Ende Dezember 1865 wurde ein strammer Junge und Namenserhalter *auf Gut Montereau* geboren: *Auguste-Guillaume de Montereau*.

Honoré wollte die umgekehrte Reihenfolge bei der Namensgebung, aber der *Marquis* bestand darauf, dass es dem *Helden von Montereau, Grand-père August* zur Ehre stünde an vorderster Stelle genannt zu werden.

Und also geschah es. Und *Guillaume* ging sogar noch einen Schritt weiter. Er übertrug den Titel eines *Marquis* auf den Neugeborenen Enkelsohn.

Fortan sollte der Erbe von Gut Montereau, wie folgt, genannt werden: *„August-Guillaume, Comte de Montereau, Marquis de Rambour."*

So sehr sich die Eltern dagegen wehrten, der *Marquis* bestand auf diese Maßnahme. Und also geschah es.

Die nächsten Jahre vergingen und die Kinder wuchsen heran. Sie hatten inzwischen beide reiten gelernt.

Charlotte war sehr darauf bedacht, dass ihre Kinder die Bodenhaftung nicht verloren und *Honoré* unterstützte sie dabei. Tief drinnen in seinem Herzen stand die kleine *Cé-Cé* an erster Stelle.

Nicht, dass er den kleinen *Marquis* weniger liebte; aber weiblicher Charme ist doch eine Waffe, dem ein männliches Wesen nichts Adäquates entgegen zu setzen vermag.

Dem *Grand-père* erging es nicht anders. Hinzu kam, dass er von einem *Marquis* – und sei er auch noch so klein – andere Dinge erwartete als von einem zarten weiblichen Wesen.

Der Winter 1870 brachte die Menschen hart an ihre Grenzen.

Eine lang anhaltende, klirrende Kälte hielt Mensch und Tier fest umklammert. Man kam kaum mit dem Heizen nach und die Verpflegung wurde von Tag zu Tag problematischer.

Die Menschen aus der Umgebung suchten Schutz und Hilfe, sowohl auf *Schloss Rambour* als auch auf *Gut Montereau.*

Und der *Marquis* gewährte sie den Menschen, gleichwohl wie auch *Honoré* und *Charlotte*.

An Mariae Lichtmess 1814, dem *Fête des chandelles*, wurden die Kerzen aus einem traurigen Anlass angezündet.

Dieser Festtag, auch „*La Chandeleur*" genannt stammt von dem lateinischen Ausdruck „*Festa candelarum*" und bedeutet „*Fest der Kerzen*".

Man nennt es auch „*Fête des Crêpes*", weil man an diesem Tag an Pilger, die sich auf dem Weg nach Rom befanden, *Crêpes* ausgeteilt hat.

Zu dieser Zeit begannen auch die alljährlichen Winteraussaaten. Von dem überschüssigen Mehl wurden *Crêpes* gebacken als Zeichen des Wohlstandes.

„*Si point ne veut de blé charbonneux, mange des Crêpes à la Chandeleur.* (Wer kein holziges Getreide ernten will, muss zu „Chandeleur" Crêpes essen.)

Ein weiterer Brauch: *Die erste Crêpe mit der rechten Hand in die Luft werfen und gleichzeitig in der linken Hand eine Goldmünze halten...*

Die Kapelle von *Château Rambour* war von unzähligen Kerzen erhellt, die ihre bizarren Schatten an die Wände warfen.

Vor dem kleinen Altar stand der Sarg mit der aufgebahrten Leiche des *Marquis de Rambour* und um ihn herum die Familie.

Charlotte konnte mit der Situation nicht umgehen. Sie stammelte immer wieder dieselben Worte: *„Warum nur, warum?*

Honoré versuchte sie zu trösten, indem er sagte: *„Es ist Gottes Wille"*, aber das vermochte *Charlotte* nicht zu trösten.

Der *Marquis* war – wie an allen Tagen im Jahr – am frühen Morgen ausgeritten. Selbst grimmigste Kälte konnte ihn von dieser Gewohnheit nicht abhalten.

Es muss wohl ein Raubtier gewesen sein, welches das Pferd erschreckt hat. Es bäumte sich auf und warf seinen Reiter ab. Der *Marquis* schlug mit seinem Kopf auf den eisigen Boden auf und zog sich dabei die tödliche Kopfverletzung zu.

Nun standen sie um seinen Sarg herum und weinten. Auch die beiden Enkel, welche ihrem *Grand-père* von Herzen zugetan waren, empfanden eine tiefe Trauer.

Der *Marquis* war gerade einmal sechsundfünfzig Jahre alt geworden und war bei bester Gesundheit, als er vom Leben abberufen wurde.

Und zurück blieben vier Menschen, die ihm nahe waren und die den Tod nicht annehmen wollten. Am schwersten war es für *Charlotte*, die ihren Vater über alles liebte und die ihn immer noch fest hielt, obwohl seine Seele schon bei Gott war.

Die Beerdigung war für *Charlotte* schier unerträglich. Die Totenmesse fand in derselben Kirche statt, in der sie mit *Honoré* getraut worden war.

Und wie die Ratten aus ihren Löchern, so kamen all die Menschen, die ihrem Vater zu Lebzeiten den Rücken gekehrt hatten, um ihm das letzte Geleit zu geben.

Bevor sie jedoch zum Schloss fuhren, um den Verstorbenen in der Familiengruft beizusetzen, verbat sich *Charlotte* deren Teilnahme mit äußerster Heftigkeit.

In der Kirche konnte sie keinen Einfluss darauf nehmen, wer der Messe beiwohnen durfte; aber auf *Château Rambour* konnt sie das sehr wohl.

Als sie sich dem Schloss näherten, hatte sich *Charlotte* schon etwas beruhigt. Die Fahne auf dem Turm mit ihrem schwarzen Trauerflor hing bewegungslos an der Stange, so als wolle sie die Starre dokumentieren, die über der ganzen Region lag.

Der *Marquis* war beim Volk sehr beliebt und das nicht zuletzt durch sein freundliches, hilfreiches Wesen und wohl auch, weil er sich nie über die Menschen von niederer Herkunft stellte.

Als seine Ehefrau im Kindbett gestorben war, legten sie Blumen vor die Schlossmauer und sangen ein altes Volkslied, das schon seit vielen Jahren von Pilgern auf dem Jakobsweg gesungen wurde:

*Frère Jacques, Frère Jacques,
dormez-vous, dormez-vous?
Sonnez les matines, sonnez les matines,
Ding, ding, dong. Ding, ding, dong.*

Nach der Beisetzung in der Familiengruft, setzte sich die Familie zusammen und gedachte des Verstorbenen. Jeder erzählte eine liebe Erinnerung, die er mit dem Verstorbenen hatte.

Selbst *Cé-Cé* und *Au-Gu,* wie der kleine *Marquis* liebevoll genannt wurde, erzählten von gemeinsamen Erlebnissen mit ihrem *Grand-père*.

Und je länger sie saßen, umso fröhlicher wurden sie und selbst *Charlotte* konnte sich hie und da eines kleinen Lächelns nicht erwehren.

Es lag nun an *Honoré* das Schloss seines Schwiegervaters zu verwalten. Das war schon recht aufwendig. Aber dank williger Mitarbeiter, welche ihrem Herrn stets treu ergeben waren, funktionierte es recht gut.

Sie hatten ihre Loyalität, die sie bisher dem *Marquis* entgegen gebracht hatten, einfach auf *Honoré* übertragen.

Auf den harten und freudlosen Winter folgte ein herrlicher Frühling. *Cé-Cé*, inzwischen sieben Jahre alt, hatte sich zu einer passionierten Reiterin entwickelt und lebte das mit einer ähnlichen Leidenschaft wie ihre Mutter in früheren Jahren.

Jetzt verstand *Charlotte* die Sorge, die sich ihr Vater manchmal machte, wenn er sie beim Reiten begleitete und sah, mit welcher Verwegenheit *Charlotte* mit ihrer Stute *Aphrodite* über jeden umgefallenen Baum und über jeden Strauch sprang.

Au-Gu war das besonnenere von beiden Kindern und kam wohl eher nach seiner Urgroßmutter *Célestine*. Er liebte die Literatur und widmete sich ihr so oft wie nur möglich.

Das änderte sich auch nicht in den kommenden Jahren.

Charlotte wünschte sich so sehr, dass wenigstens eines der Kinder dem Ruf der Liebe folgen würde. Sie hätte so gerne Enkel gehabt.

Aber *Au-Gu* vergrub sich lieber zwischen modrigen Bücherseiten und *Cé-Cé* tanzte von einer Liebschaft zu nächsten. Ihre Freunde nannten sie hinter vorgehaltener Hand schon „*Papillon*". Zum Glück drang das nie an das Ohr von *Charlotte*.

Dann kam die ganz große Liebe zu *Cé-Cé*. Ein Feschak namens „*Antoine*", seines Zeichens Reitknecht im Schloss, hatte ihr Herz erobert. *Cé-Cé* war überdimensional glücklich.

Antoine-Chérie hier, *Antoine-Chérie* dort, *Antoine-Chérie* überall. Es war schon nicht mehr zum Aushalten. Gerüchte um eine baldige Hochzeit machten bereits die Runde.

Charlotte beobachtete das alles mit einer Riesenskepsis. So sehr sie *Antoine* als Reitknecht schätzte, so wenig hielt sie von ihm als Mensch. *Liebhaber ja – Ehemann nein!*

Und es kam, wie es zu erwarten war. *Antoine*, kein Mann für eine einzige Frau, ließ sich von *Cé-Cé* bei einem Seitensprung erwischen.

Die Fleischeslust des Reitknechtes hatte über die Aussicht auf einen gesellschaftlichen Aufstieg dominiert.

Charlotte war ja von ihrer Tochter einiges gewöhnt. Aber was nach dieser *affaire d'amour* kam, setzte allem bisher Dagewesenen die Krone auf.

„Ich habe endgültig genug von den Mannsbildern und von Enttäuschungen – ich gehe ins Kloster!"

Mit diesem Satz überraschte *Cé-Cé´* ihre Eltern beim Nachtmahl. Ihre Augen blitzen, als sie dieses sagte, um allen Anwesenden unmissverständlich klar zu machen, wie ernst es ihr damit war.

„Jetzt ist sie endgültig übergeschnappt", war der Kommentar von *Au-Gu*, der als erster seine Fassung wieder gewonnen hatte.

„Mit so etwas treibt man keine Scherze", fiel *Honoré* ein.

„Das ist kein Scherz; das ist mein fester Entschluss!"

Charlotte, die ihr Kind gut genug kannte, um zwischen Spaß und Ernst unterscheiden zu können, stand auf, ging zu *Cé-Cé* und umarmte sie.

„Lass uns morgen in Ruhe darüber reden. Geh jetzt zu Bett und vertraue dich unserem Schöpfer an."

Ob und wenn ja, was *Cé-Cé* in jener Nacht gebetet hat, bleibt für immer ein Geheimnis.

Kein Geheimnis hingegen ist die Tatsache, dass *Célestine-Hélène de Montereau*, Tochter der *Charlotte de Montereau* und des *Honoré de Montereau* und Bruder des *Auguste-Guillaume de Montereau, vulgo Marquis de Rambour* am 29. April 1889 die *Braut Christi* wurde und als *Soeur Scholastica* in das *Abbaye aux Dames* in *Caen* – in der Normandie gelegen – eintrat.

Auf Regen folgt bekanntlich Sonne und so war es auch im Hause *Montereau*.

Zwei Jahre später, am 13. Juli 1891, ehelichte *Au-Gu*, zur übergroßen Freude seiner Eltern, *Marguerite de Varennes*, Tochter des *Comte de Varennes* und seiner Gattin *Élodie*.

Und weiter zwei Jahre später, fast auf den Tag genau, am 11. Juli 1893 *läutete Hugo de Montereau* die fünfte Generation derer *von Montereau* ein.

Seinen Namen verdankte der Sprössling seiner Mutter und deren glühenden Verehrung des Schriftstellers *Victor Hugo,* der nur wenige Jahre zuvor verstorben war.

Nun endlich hatte *Charlotte* den ersehnten Enkel, den sie sich so sehr gewünscht hatte.

Was jedoch die Schwiegertochter betraf, so war diese nicht wirklich ihre erste Wahl. *Marguerite* war ein verwöhntes Einzelkind, deren Nase dem Himmel näher war, als es sich für einen bescheidenen Menschen geziemte.

Ein Kindermädchen musste unbedingt her; denn Kindererziehung war für die junge Mutter ein Thema, das nicht stattfand.

Einzig *Grand-mère Charlotte* ließ dem Knaben die Liebe zu kommen, die sich ein Kind wünscht und die ihm von Natur aus auch zusteht.

Marguerite sah das zwar nicht gern, fügte sich aber. Sie hätte gegen ihre Schwiegermutter auch keine Chance gehabt.

Honoré mischte sich ebenso wenig in die Erziehung ein wie der Vater des Knaben. Beide widmeten sich ihrer Arbeit und überließen das Feld den Frauen.

Hugo war ein sehr ernstes Kind. Mag sein, dass der Einfluss seines Kindermädchens ihn geprägt hat, vielleicht aber auch die Erbeigenschaften der Linie mütterlicherseits. *Marguerite* war ebenso humorbefreit wie ihre Eltern und die „*Nourrice*" war aus demselben Holz geschnitzt.

Wenn andere Kinder draußen vergnüglich herumtollten, saß Hugo in einer stillen Ecke und las.

„*L'homme, qui rit*", „*Les Misérables*" und nicht zuletzt auch „*Notre Dame de Paris*" waren beileibe keine Kinderlektüre und doch verschlang *Hugo* jede Seite der

Bücher seines Namensvetters, als lese er „*Rotkäppchen*" oder „*Schneewittchen*" oder etwa „*Hänsel und Gretel*".

Gelegentliche Versuche seiner Mutter ihn aufzuheitern gipfelten höchstens in einem höflichen Lächeln.

Charlotte hatte sich das Leben mit den Enkelkindern ganz anders vorgestellt. Sie war von ihrer eigenen Kindheit auf *Château Rambour* ausgegangen, die so unbeschwert und heiter war.

Sie versuchte mit *Au-Gu* darüber zu reden, was jedoch nichts brachte. Seiner Meinung nach, war alles in bester Ordnung und er stärkte nur mit jedem Wort den Rücken von *Marguerite*.

Der 28. Juni 1914 veränderte die ganze Welt und auch das Leben auf *Château Rambour* und auf *Gut Montereau*.

Irgendein Verrückter hatte in *Sarajewo* den *österreichischen Kronprinzen Rudolf* erschossen und damit die Lunte gelegt für einen verheerenden Krieg.

Was anfänglich von österreichischen Militärs als „*Spaziergang*" bezeichnet wurde, „*der nur von kurzer Dauer wäre*", zog sich über mehrere Jahre hin und endete erst am 11.11.1918 mit dem Waffenstillstand von *Compiègne*.

Am 3. August 1914 wurde auch Frankreich eingeladen an diesem Krieg teilzunehmen.

Hugo, inzwischen einundzwanzig Jahre alt, wurde schon bald zu den Waffen gerufen und alle Versuche ihn davon befreien zu lassen, scheiterten.

Es sah beinahe so aus, als freue sich *Hugo* darüber. Er ließ sich, wie alle Jungen seines Alters von einem irreführenden Patriotismus infizieren, der in jenen Tagen als unheilbar galt.

Honoré bestärkte seinen Enkel in seiner Haltung für das Vaterland zu kämpfen. Und *Charlotte* bedeutete er, das sei Männersache, das verstehe sie nicht.

Charlotte war zutiefst traurig darüber. Noch vor wenigen Wochen hatten sie mit großer Freude ihren siebzigsten Geburtstag gefeiert.

Als *Hugo* sich in seiner feschen Uniform von ihr verabschiedete, machte sie ihm das Kreuzzeichen auf die Stirn und nahm ihm das Versprechen ab gesund wieder heimzukehren.

„Mach dir bitte keine Sorgen, Grand-mère, ich komme bestimmt wieder zurück und zwar in einem Stück.", sagte er scherzhaft und er hielt seine Großmutter lange fest umarmt, so als wisse er, dass er sie heute zum letzten Mal sehen würde.

Am 24. Dezember 1914 ruhten kurzfristig die Waffen. An den Schützengräben, welche oft nur wenige Meter voneinander entfernt waren, wurden Weihnachtsbäume aufgestellt und die Soldaten sangen Weihnachtslieder.

Auch auf Gut *Montereau* wurden an diesem Abend die Kerzen am Weihnachtsbaum angezündet. Lieder wurden jedoch nicht gesungen. Man gedachte der Geburt Jesu in aller Stille.

Im Laufe des Nachmittags war *Charlotte de Montereau*, Gattin des *Honoré de Montereau*, Mutter des *August-Guillaume de Montereau* und Großmutter des *Hugo de Montereau* sanft entschlafen.

Ihre letzten Worte waren: *„Betet für Hugo, betet für den Jungen, dass er wieder gesund nach Hause kehrt…"*

Dann endete das erfüllte Leben einer einzigartigen Frau.

Honoré zog sich fortan völlig zurück. *„So hatte er sich das nicht vorgestellt. Er hätte als erster gehen sollen. Wie sollte er ohne seine geliebte Charlotte weiterleben…"*

Einige Tage später kam *Hugo* nach Hause. Er hatte, bedingt durch den Todesfall in der Familie, ein paar Tage Fronturlaub bekommen.

Die Streifen an seiner Uniform zeigten an, dass er zum „*Caporal*" befördert worden war.

Obwohl der Krieg erst ein paar Monate dauerte, war die *„Hurra-Mentalität"* gewichen. Der Krieg hatte seine hässliche Fratze gezeigt und so manches junge Leben verschlungen.

Der Tod seiner *Grand-mère* ging *Hugo* sehr nahe. Jetzt hatte er nur noch seinen *Grand-père* und seinen *Papa*.

Als er seine Mutter begrüßte, äußerte diese ihre Begeisterung darüber, wie gut ihm die Uniform stehe und dass er hoffentlich bald *Géneral* wäre.

Hugo schenkte ihr ein höfliches Lächeln, unterließ es aber darauf zu antworten.

Sein Vater wusste nicht so recht, wie er dem Menschen begegnen sollte, den er noch vor kurzem ermuntert hatte in den Krieg zu ziehen. Inzwischen konnte er nichts Heldenhaftes mehr an diesem kriegerischen Treiben erkennen.

August-Guillaume beließ es bei einer kurzen Umarmung.

Als *Hugo* in die Augen seines Großvaters blickte, entdeckte er eine tiefe Leer darin. So, als wären sie schon tot.

„Ich freue mich, dass du wohlauf bist", begrüßte *Honoré* seinen Enkel und umarmte ihn.

„Danke, Grand-père!" Mehr vermochte *Hugo* nicht zu antworten.

Ein paar Tage später, als er wieder unterwegs zu seiner Einheit war, empfand er so etwas wie Erleichterung. Sein Zuhause, jetzt ohne die *Grand-mère*, war ihm fremd geworden.

Bei seinen Kameraden fühlte er sich eher *„zuhause"*. Das war schon eigenartig und *Hugo* konnte es sich selbst nicht erklären.

Caporal Montereau oder auch *Capomo*, wie ihn seine Kameraden nannten entwickelte sich zu einem echten Draufgänger.

Er war der erste, der bei Sturmangriff den schützenden Graben verließ und er stürmte gegen den Feind ohne groß Deckung zu suchen.

Das brachte ihm nach kurzer Zeit den Rang eines *Sous-Lieutenant* und *Zugführers* ein.

Sein *Chef de Compagnie*, ein sympathischer Mann aus der *Bretagne*, mochte ihn sehr. Er konnte auch mit dem Namen „*Montereau"* etwas anfangen und er kannte sogar die Geschichte von *Hugos* Ur-Ur-Ur-Großvater *Auguste*.

Wenn es darum ging eine knifflige Aufgabe zu übernehmen, dann lud er *Hugo* in sein Zelt ein, rauchte eine Pfeife mit ihm und leerte ein paar Gläser Wein oder ein Glas alten Cognac mit dem *Sous-Lieutenant*.

Capitaine Forrestier war nicht mehr ganz jung. Umso weniger verstand es *Hugo*, dass er trotzdem noch seinen Dienst am Vaterland leistete.

Darauf irgendwann einmal angesprochen, erklärte der *Capitaine*, dass er keine Verwandte habe. Die *Armée* sei seine Familie und er könnte sich keine bessere wünschen.

Hugo verstand seinen väterlichen Freund nur allzu gut. Er hatte den Mann richtig lieb gewonnen und es schien ihm, als ginge es dem *Capitaine* mit ihm ebenso.

Man sagt, im Krieg sollte man keine Freundschaft schließen. Dann wäre der Schmerz nicht so groß, wenn es einen Kameraden trifft.

Dass das stimmt, musste *Hugo* schmerzlich erfahren. Ein deutscher Scharfschütze hatte den *Capitaine* mitten in die Stirn getroffen.

In diesem Augenblick begann *Hugo* die Deutschen zu hassen und den Krieg im Allgemeinen.

Der Tod von *Capitaine Forrestier* hatte zur Folge, dass *La Septième Compagnie* ohne Führung war.

Dadurch bedingt, dass der *Sous-Lieutenant Montereau* beim *Bataillon* kein Unbekannter war, weil er schon mehrmals für einen Orden vorgeschlagen worden war, war es nicht wirklich verwunderlich, was danach geschah.

Er wurde zum *Chef de Bataillon* beordert, der ihn nicht nur zum *Capitaine* beförderte, sondern auch den Orden „*Croix de Guerre*" verlieh.

Damit übernahm er ganz offiziell *La Septième Compagnie*. Zum Dank für diese Anerkennung musste *Hugo* zum x-ten Male die Geschichte seines Ur-Ur-Ur-Großvaters *Auguste de Montereau* zum Besten geben.

Als er zurück zu seiner *Compagnie* fuhr, musste er unweigerlich an den *Helden von Montereau* denken. Ob der wohl stolz auf seinen Ur-Ur-Ur-Enkel wäre?

Der erste Appell war ein bewegendes Erlebnis. Als der *Maréchal de Compagnie* dem *Chef de Compagnie* die angetretene *Compagnie* meldete und *Hugo* vor die Soldaten trat, wurde er mit einem lauten *„Hourra!"* begrüßt.

Der *Capitaine de Montereau* war sichtlich berührt und er bedankte sich mit einem kurzen, unmilitärischen Kopfnicken.

„Camarades!
Ich stehe hier vor euch als euer neuer Chef de Compagnie. Es ist für mich genau so überraschend wie für euch; aber der Chef de Bataillon wird wohl seine Gründe dafür gehabt haben.
Das hoffe ich zumindest!
Ich weiß, dass ich Capitaine Forrestier nicht ersetzen kann; aber ich werde mein Bestes tun.
Wenn einer von euch Sorgen oder Probleme hat, dann soll er zu mir kommen.
Diese Tradition, eingeführt von unserem alten Chef de Compagnie, möchte ich unbedingt weiterführen.
Ich wünsche mir, dass ihr mir dasselbe Vertrauen entgegen bringt, wie ihr es ihm entgegen gebracht habt.
Er war ein tapferer und integrer Mann, er war ein Vorbild.
Seine Entschlossenheit, seine Tapferkeit und sein Siegeswille mögen in uns allen weiterleben.
Vive Capitaine Forrestier!
Vive la France!"

Und aus ungezählten, rauen Soldatenkehlen hallte es wider:

*„Vive Capitaine Forrestier!
Vive la France!"*

Die Soldaten klopften sich einander auf die Schultern. Ein unbeschreibliches Gefühl umfing sie und ein Leuchten drang aus ihren Augen.

Und eine Stimme erhob sich plötzlich und rief immer wieder voller Inbrunst:

„En avant mit Montereau! - Victoire! Victoire! Victoire!"

Und aus der einen Stimme wurden viele Stimmen und alle riefen laut:

„En avant mit Montereau! - Victoire! Victoire! Victoire!"

Dieser Ruf machte auch nicht vor dem *Bataillon* Halt.

Und bald schon wurde es zu einem Schlachtruf, der sich wie ein Flächenbrand ausbreitete und mit dem Soldaten aller Einheiten in den Kampf zogen.

Hugo bekam im März 1915 die traurige Nachricht, dass sein *Grand-père Honoré* gestorben war.

Alle Bemühungen ihm neuen Lebensmut einzureden, waren ohne Erfolg geblieben. Er saß nur noch stumm herum und wartete auf den Tod. Ein Leben ohne seine *Charlotte* wollte er nicht. Um nichts auf der Welt.

Und so ist er am 27. Februar 1915 friedlich eingeschlafen.

Der Kampf mit dem Erbfeind tobte heftig. Vom *Bataillon* kam der Befehl sich hinter die feindlichen Linien zu schleichen, um Gefangene zu machen. Man brauchte dringend Information über die aktuelle Stärke des Feindes.

Capitaine Montereau zog sich die Uniform eines *Soldat de première classe* an und suchte sich Männer aus, mit denen er schon früher als *Sous-Lieutenant* erfolgreiche Unternehmungen durchgeführt hatte.

Ihnen konnte er vertrauen und sie vertrauten ihm.

Was er da tat, war gegen alle militärischen Vorschriften und sehr leichtsinnig. *„Was, wenn er erwischt wird, dann wäre die Compagnie ohne Führung."*

Diese Frage stellte er sich immer wieder und er entschied dennoch das Wagnis einzugehen. Dem *Bataillon* verschwieg er seine Absicht und er machte *Lieutenant Ferrer* zu seinem Stellvertreter während seiner Abwesenheit.

Ferrer war ein guter Mann und außerdem würde er sich auf keinen Fall erwischen lassen.

„Doch mit des Geschickes Mächten ist kein ew'ger Bund zu flechten."

Das wusste schon *Friedrich Schiller* in seinem *Gedicht von der Glocke.*

Und wie wahr das ist, das sollte der falsche *Soldat de première classe Montereau* am eigenen Leib erfahren.

Montereau war mit seinen Männern schon ganz nah an den feindlichen Linien, als eine Splittergranate in unmittelbarer Nähe einschlug.

Das Letzte, was er wahrnahm, waren Schreie seiner Kameraden; dann wurde es Nacht um ihn.

Eine französische *Batterie* hatte das Feuer eröffnet, wohl nicht wissend, dass ein eigener Trupp auf Erkundung war.

Hugo vernahm Stimmen. Es waren deutsche Stimmen. *Wo war er?*

„Guten Morgen Soldat! Wie geht es Ihnen?

Hugo reagierte nicht, obwohl er verstanden hatte, was die Stimme zu ihm sagte. Als Kind bekam er Unterricht von einer Hauslehrerin in Englisch und Deutsch.

„Bonjour soldat, comment allez-vous?"

Die Stimme hatte ihn erneut angesprochen. Dieses Mal in seiner Muttersprache. Und es geschah in perfektem Französisch.

„Je va bien, merci! Où je me trouve?"

Hugo öffnete vorsichtig die Augen. Vor ihm stand eine junge Frau in Schwesterntracht und schaute ihn an.

„Vous êtes dans un hôpital militaire allemand."

Jetzt erst bemerkte *Hugo*, dass er einen Kopfverband trug und dass er starke Schmerzen im linken Unterarm verspürte.

Als er genauer hinsah, erschrak er zutiefst.
Ein Stück seines linken Arms fehlte. Man hatte ihm den Arm unterhalb des Ellenbogengelenks abgetrennt. Die Splitter der Granate hatten nicht nur eine schwere Kopfverletzung nach sich gezogen, sondern auch seinen linken Unterarm zerfetzt.

„Schwester, wie geht es dem Soldaten? Hat großes Glück jehabt, der Junge, großes Glück. Könnte ebenso jestorben sein, jestorben sein."

Ein Mann im weißen Kittel war hinzu gekommen. Er hatte ein Stethoskop locker um den Hals hängen und er trug ein Monokel. *„Ein Arzt also"*, dachte *Hugo*, *„vermutlich sogar ein Adliger. Und nicht mehr ganz frisch in der Birne"*.

Letzeren Schluss zog er aus den Wortwiederholungen des Mannes. Was er nicht deuten konnte, war der Austausch des Buchstabens *„g"* gegen ein *„j"*, was im Bezug auf die Herkunft des Mannes auf Berlin hindeutete.

„Dann lass uns mal kieken. Sieht alles recht jut aus, jut aus. Denn jute Jenesung, mein Junge! Jute Jenesung!"

„C' est un oiseau comique, mon Capitaine, n'est-ce pas?" (Das ist ein komischer Vogel, Hauptmann, nichtwahr?)

Es war *Jérémy*, ein echter *Soldat de première classe* und der einzig Überlebende, außer *Hugo*. Er hatte sich nichts dabei gedacht, als er seinen Vorgesetzten mit dem eigentlichen Rang ansprach. Es war ihm einfach heraus gerutscht.

Der Arzt, der sich gerade abwenden wollte, drehte sich herum und strahlte über das ganze Gesicht.

„So, so, mein Freund; Sie sind gar kein gemeiner Soldat, Sie sind ein Hauptmann, ein Hauptmann."

„Ich darf mich eben mal vorstellen: Oberstabsarzt Dr. Karl von Wernicke, Offizier seiner Kaiserlichen Majestät."

Als er solches sagte, schlug er mit den Hacken zusammen und machte eine leichte Verbeugung in Richtung Patient.

„Schwester! Der Patient wird sofort in die Abteilung für Offiziere verlegt."

„Bitte nicht! Ich möchte bei meinem Kameraden bleiben."

Hugo hatte sich selbst verraten. In der Aufregung hatte er seine Bitte in akzentfreiem Deutsch formuliert.

„Das geht leider nicht; das wäre gegen die Vorschriften. Aber Sie können ja einander besuchen, wenn es Ihnen besser geht, besser geht."

Oberstabsarzt von Wernicke hatte seinen Sprachduktus auf *„Hochdeutsch"* umgestellt.

„Pardonnez-moi, mon Capitaine. Je suis un grand crétin." (Entschuldigung Hauptmann. Ich bin ein großer Idiot.)

Jérémy, der *Soldat de première classe* hatte erkannt, was für ein schrecklicher *Fauxpas* ihm widerfahren war und er war zutiefst traurig, dass er seinen *Capitaine* entblößt hatte.

„Ce n'est rien, mon ami; sagte *Hugo* und lächelte *Jérémy* aufmunternd zu.

„Schwester Elisabeth, Sie begleiten den Hauptmann und kümmern sich auch weiter um ihn."

Der *Oberstabsarzt* streckte *Hugo* seine Hand entgegen und wünschte ihm *„bonne chance"*. Dann entschwand er.

Capitaine de Montereau wurde in ein Einzelzimmer gebettet, das schon fast Urlaubs-Flair verbreitete. Sein Fenster eröffnete ihm einen Blick in den Park, welcher das Lazarett umschloss. Und eine Türe erlaubte ihm sogar einen direkten Zugang in den Park.

Was ihn überraschte, war die Tatsache, dass er bisher noch keinem Verhör unterzogen worden war. Als er den

Oberstabsarzt nach dem Grund fragte, bekam er eine mehr als überraschende Antwort:

„Ich weiß, man stellt uns Deutsche als Barbaren, als kinderfressende Monster hin; aber das stimmt nicht. Wir sind ein Volk mit hohen ethischen Werten und geprägt von einer kulturellen Vielfalt, die wohl nicht so bald ihresgleichen findet."

Hugo musste sich selbst eingestehen, dass genau dieses Bild des *„bösen Deutschen"* in jedem französischen Kopf herum spukte. Man hatte es ihnen beigebracht und es war für jeden Soldaten das Evangelium.

Natürlich war es einfacher auf einen Menschen zu schießen, um ihn zu töten, wenn man in ihm das Monster sah und nicht den Menschen.

In diesem Augenblick beschloss der Mensch *Hugo de Montereau* die *Deutschen* nicht mehr zu hassen und nur noch den Menschen in ihnen zu sehen.

Der Oberstabsarzt ergänzte seine Ausführungen damit, *dass sich der Patient erst dann einer Befragung unterziehen müsse, wenn es sein Genesungszustand erlaubt.*

Schwester *Elisabeth* kam jeden Tag, um nach *Hugo* zu sehen und die Verbände zu wechseln. Sie tat dies in einer kühlen Art, die *Hugo* nicht zu deuten wusste.

„Was haben Sie gegen mich?", fragte er sie eines Tages, *„warum behandeln Sie mich so herablassend? Ist es, weil ich der Feind bin oder bin ich Ihnen ganz einfach nur unsympathisch?"*

„Keines von beiden. Und ich behandle Sie auch nicht herablassend."

„Doch das tun Sie. Erklären Sie mir bitte, warum."

„Warum haben Sie mich französisch sprechen lassen, obwohl Sie mich verstanden haben?"

„Das geschah aus Angst, dass meine wahre Identität entdeckt werden würde, was aber leider nicht funktioniert hat."

Schwester Elisabeth überzeugte diese Begründung und sie erlaubte sich sogar ein kleines Lächeln.

Es war jedoch groß genug, dass es Hugo erkennen konnte.

„Haben Sie Familie?", fragte Elisabeth.

„Ich habe Vater und Mutter", antwortete *Hugo* und fügte noch hinzu: *„Ich bin unverheiratet."*

Letzteres tat er, weil er zu erkennen glaubte, *dass Elisabeth* genau das von ihm wissen wollte.

„Und Sie? Haben Sie Familie?"

Elisabeths Lächeln verschwand im selben Augenblick, als *Hugo* sie dieses fragte.

„Nicht mehr. Meine Eltern und mein jüngerer Bruder kamen bei einem Bombenangriff ums Leben."

Hugo bis sich auf die Lippen. Hätte er doch nur nicht gefragt. Er hätte sie in diesem Augenblick am liebsten in die Arme genommen, um sie zu trösten.

„Dieser verdammte Krieg", entfuhr es ihm und er bereute zum ersten Mal, dass er ein Teil davon war.

Die Genesung schritt voran und *Hugo* durfte zum ersten Mal in den Park.

Dort traf er auf andere Kameraden, die noch immer den Krieg verherrlichten und die es nicht für nötig erachteten Dankbarkeit zu empfinden für eine Behandlung durch den Feind, welche höchsten Respekt abnötigte.

Im Gegenteil. Man machte sich über den *„Fritz"* lustig, wie man den deutschen Soldaten spöttisch nannte und überhaupt waren alle Deutschen *„Boches"*.

Hugo war sich, angesichts der für sich sprechenden Tatsachen, nicht mehr so ganz im Klaren darüber, wer denn nun die *„Schweine"* seien.

Er versuchte in vielen Gesprächen seine Landsleute davon zu überzeugen, dass nicht die Deutschen *„Boches"* seien, sondern die Regierenden auf beiden Seiten, welche Menschen gegeneinander aufhetzten, um ihr Bestreben nach noch mehr Macht zu verwirklichen.

Mit diesen Aktionen machte sich *Hugo* eine Menge Feinde. *Diese defätistischen Ansichten grenzten schon an Hochverrat,* so der allgemeine Tenor *und man werde das an geeigneter Stelle auch melden.*

Elisabeth hatte das aus nächster Nähe beobachtet. Die französischen Soldaten nahmen kein Blatt vor den Mund, gingen sie ja davon aus, dass eine Frau, eine gewöhnliche Krankenschwester, keinesfalls ihre Sprache sprechen würde.

Diese Aktionen des Patienten *Hugo de Montereau* erwärmten ihr Herz und sie ertappte sich dabei, dass sie Gefühle für den Feind in sich verspürte, was ja strengstens verboten war.

Die Unterhaltungen der Soldaten mit *Hugo* und insbesondere deren Inhalt waren auch bis zu *Major von Hutter* vorgedrungen, der dem Lazarett als militärischer Leiter vorstand. Medizinischer Leiter war besagter *Oberstabsarzt von Wernicke.*

Und so geschah es, dass *Capitaine de Montereau* zu *Major von Hutter* befohlen wurde.

Als *Hugo* den Raum betrat, sah er einige hohe Offiziere versammelt, die in ein Gespräch verwickelt waren. Man forderte *Hugo* höflich auf Platz zu nehmen und bot ihm Zigarre und Cognac an.

Die Zigarre lehnte er höflich ab; aber den Cognac verwehrte er sich nicht. Es war echter *französischer Cognac* und er war von exzellenter Qualität.

Die Herren gingen gleich „*in medias res"* und boten ihm ohne Umschweife an für sie tätig zu werden. Sie hätten gehört, dass er den Krieg ebenso verurteile wie das deutsche Volk und seine Führer und es wäre demnach in beiderseitigem Interesse den Krieg einem baldigen Ende zuzuführen.

Hugo von Montereau war zwar auf einem noch jungfräulichen Weg ein Pazifist zu werden, das schloss aber nicht ein auch ein Vaterlandsverräter zu sein.

Er wies dieses Ansinnen höflich, aber bestimmt ab, trank seinen Cognac aus, bedankte sich für die gute Behandlung und bat sich in sein Quartier zurückziehen zu dürfen.

Zu seiner großen Überraschung gewährte man ihm die Bitte.

Hugo fragte sich, wie es möglich gewesen war, aus dieser Affaire unbeschadet heraus gekommen zu sein.

Die einzige Antwort, die sich ihm aufdrängte, war der Ehrenkodex, welchem sich Offiziere adliger Herkunft verpflichtet fühlten und der ein unehrenhaftes Verhalten einem feindlichen Gefangenen gegenüber nicht erlaubte.

Diese honorige Haltung lag in jenen Tagen aber schon in ihren letzen Zügen und sollte schon bald ganz verschwunden sein.

Oberstabsarzt von Wernicke, der bei der Befragung zugegen war, lud *Hugo* immer einmal wieder auf ein Glas Cognac und ein Gespräch unter Männern ein.

Die Haltung seines französischen Kameraden hatte ihm imponiert und so entwickelte sich eine Art Freundschaft, deren Basis gegenseitige Achtung und Respekt waren.

Das ging so weit, dass *von Wernicke* einen Brief von *Hugo* an seine Familie auf den Weg brachte, mit welchem er sein Wohlbefinden mitteilte. Seinen amputierten linken Unterarm ließ er jedoch unerwähnt.

Der Brief war ohne Absender verfasst; denn das hätte den Gönner von *Hugo* in arge Schwierigkeiten gebracht. *Kollaborateure* wurden an die Wand gestellt und erschossen.

Schwester Elisabeth und *Hugo* waren sich noch näher gekommen. Sie besuchte ihn auch außerhalb ihrer Dienstzeiten und sie brachte ihm Bücher mit.

Bis zum ersten Kuss war es nur noch eine Frage der Zeit.

Als es dann passierte, vergaßen zwei Liebende für ein paar Stunden, dass sie Feinde waren, nur weil es irgendwelche hirnverbrannten, hochnobligen Menschen so beschlossen hatten. Sie waren wie Adam und Eva im Paradies und die Schlange zu ihren Füßen hieß *„Krieg"*.

Die Eltern von *Hugo de Montereau* hatten mittels Beziehungen zu höchsten Stellen einen Gefangenenaustausch erwirkt und das *Rote Kreuz* führte diesen durch.

Als *Hugo* davon erfuhr, konnte er sich nur bedingt darüber freuen. Natürlich war es schön wieder nach Hause zu dürfen; aber die Freude wurde getrübt durch die

Trennung von einer wunderbaren Frau, mit der er sich ein gemeinsames Leben vorstellte.

Elisabeth und *Hugo* hatten sich mit einer letzen gemeinsam verbrachten Liebesnacht voneinander verabschiedet. Sie versprachen einander nicht aus den Augen zu verlieren und beide glaubten an eine gemeinsame Zukunft, wenn dieser unselige Krieg zu Ende wäre.

Am 11. November 1918 kam der Waffenstillstand und nach mehr als 4 Jahren und fast 10 Millionen gefallenen Soldaten, sowie fast 8 Millionen getöteten Zivilisten war der Krieg zu Ende.

Hugo de Montereau war nach seiner Rückkehr nicht wieder in den Militärdienst eingetreten. Dazu war seine Enttäuschung zu groß.

Man hatte ihm vorgeworfen, er hätte mit dem Feind fraternisiert.

Einige seiner Mitgefangenen, mit denen er im deutschen Lazarett lange Gespräche geführt hatte, wurden befragt und das Zeugnis, das sie *Capitaine de Montereau* ausstellten, war nicht gerade schmeichelhaft.

Das Ergebnis dieser Befragungen reichte jedoch nicht aus, um ein eindeutiges Verfehlen nachzuweisen.

Hinzu kam, dass die Reputation, welche dem Nachkommen des *Helden von Montereau* anhing, nicht herabgewürdigt werden sollte.

Man löste das Problem derart, dass man *Hugo de Montereau* zum „*Colonel de la Réserve*" beförderte.

Die Eltern von *Hugo* waren im letzten Kriegsjahr geschieden worden. Der Grund war ein Bastard, der Anfang 1919 geboren wurde und dessen Zeugung eindeutig ohne das Zutun von *August-Guillaume* geschehen war.

Marguerite hatte einen Liebhaber, der auch der leibliche Vater des Bastards war. *August-Guillaume* und *Marguerite* teilten schon lange nicht mehr das Bett.

Hugo empfand nichts, als er davon erfuhr. Er ärgerte sich nicht, er freute sich auch nicht darüber; es war ihm schlichtweg egal.

Der Krieg hatte ihn stumpf gemacht für irgendwelche Empfindungen im Bezug auf Familie und Freunde.

Seinem Vater begegnete er mit Respekt. Liebe empfand er keine für ihn. Schon vor dem Krieg hatten sie nie ein inniges Verhältnis zueinander entwickeln können.

Die einzige Kerze, welche seine Seele noch zu erhellen vermochte, war die Liebe zu einer Frau, die weit weg wohnte und von der er noch nicht einmal wusste, ob sie noch am Leben war.

Hugo ließ sich von einem Orthopäden eine Prothese für seinen linken Arm anfertigen. So konnt er ihn, wenn auch nur begrenzt, immer noch recht gut gebrauchen.

Das war sehr wichtig für ihn, denn zum Lenken eines Automobils brauchte er beide Arme.

Gleich nach dem Krieg hatte er Recherchen nach dem Verbleib von Elisabeth angestellt.

Er schrieb unzählige Briefe, die immer wieder als *unzustellbar* gekennzeichnet zurück kamen. Auch die Bemühungen des *Croix-rouge française* und des *Deutschen Roten Kreuzes* blieben ohne Erfolg.
Im Frühjahr 1922 erwarb *Hugo de Montereau* sein erstes Automobil. Es war ein *Renault 40CV* mit offenem Verdeck.

Mit ihm fuhr er im Sommer desselben Jahres nach Deutschland, um seine *Elisabeth* zu suchen. Eine Adresse hatte er ja von ihr: *Elisabeth Geiger, Breisach, Im Turmweg 14.*

Sein Herz klopfte wie wild, als er in den *Turmweg* einbog. Er hielt an, stieg aus und suchte nach der *Hausnummer 14.*

Dann fand er die Adresse. Er erstarrte. Da, wo das *Haus Nummer 14* stehen hätte müssen, befand sich eine große Lücke. Es gab das *Haus Nummer 13* und das *Haus Nummer 15*. *Nummer 14* gab es nicht.

Eine ältere Frau, die vorbei kam, musterte den feinen Herrn und dann sprach sie ihn an.

Sie hatte erkannt, dass diesen Mann irgendetwas bewegen musste. Er hielt seinen Blick starr dorthin gerichtet, wo einmal ein Haus gestanden war.

„Entschuldigung, mein Herr! Kann ich Ihnen helfen?"

Die Frau bekam keine Antwort. Sie wollte schon weiter gehen, als sich Hugo aus seiner Starre löste und zu der Frau sagte:

„Pardon, Madame, ich suche das Haus Nummer 14."

„Das gibt es nicht mehr; aber das sehen Sie ja selbst. Daran sind die Franzosen schuld; sie haben es mit ihren Bomben zerstört."

Die Frau hatte wohl nicht bemerkt, dass ein Franzose vor ihr stand. Vielleicht war es ihr aber auch nur egal.

„Und die Menschen, die da drin gewohnt haben? Was ist aus den Menschen geworden?"

„Die sind alle umgekommen. Ja, ja, dieser dumme Krieg…"

Hugo bemerkte, wie sich ihm der Magen umdrehte. Er konnte ein Erbrechen nur mit Mühe verhindern.

„Kannten Sie vielleicht die Menschen, die da gewohnt haben?"

„Nein, aber fragen Sie doch die Nachbarn. Die können Ihnen sicher mehr darüber sagen."

„Merci, Madame, Sie haben mir sehr geholfen. Merci beaucoup!"

Hugo ging zum Haus Nummer 13. Er läutete an und ein Mädchen öffnete die Tür.

"Bonjour, ma petite, kann ich deine Mutter sprechen?"

Das Mädchen sah ihn mit großen Augen an und schloss dann schnell die Tür. Sie hatte sich offenkundig erschreckt. *Hugo* läutete noch einmal und dann öffnete eine Frau die Tür.

"Wer sind Sie und was wollen Sie", fragte die Frau und ihr Ton war nicht gerade sehr freundlich.

"Ich muss mich entschuldigen, Madame, dass ich Ihre kleine Tochter erschreckt habe. Es tut mir leid; verzeihen Sie bitte!"

Hugo bemühte sich nur deutsche Worte zu verwenden. Er hatte seinen Hut vom Kopf genommen und hielt ihn vor die Brust.

Die Frau an der Tür wiederholte ihre Frage, doch dieses Mal eine Nuance freundlicher:

"Wer sind Sie und was wollen Sie?"

"Mein Name ist Hugo de Montereau, ich war als Soldat im Lazarett - am Rande der Stadt - untergebracht und ich wurde von einer jungen Krankenschwester namens Elisabeth Geiger gepflegt."

Als die Frau das hörte, stiegen ihr Tränen in die Augen.

"Sie kannten Elisabeth?"

„Oui Madame."

„Können Sie mir sagen, was aus Elisabeth geworden ist?", fragte *Hugo* mit zitternder Stimme, getragen von der Angst vor der Antwort, die er nicht hören wollte.
„Sie ist tot. Alle sind tot."

Jetzt hatte *Hugo* die schreckliche Gewissheit, dass er seine Elisabeth, den einzigen Menschen, der sein Herz rühren konnte, für immer verloren hatte.

Und sein Leben schien ihm auf einen Schlag sinnlos.

Wortlos und ohne zu danken ging er zurück zu seinem Automobil in der Absicht damit seinem Leben ein Ende zu setzen.

Auf seiner Herfahrt war *Hugo* eine wunderbare Alleenstraße aufgefallen. Ihre hoch gewachsenen Bäume berührten sich mit ihren Kronen, so als hätte die Schöpfung einen Baldachin für Autofahrer schaffen wollen.

Hier sollte sein Leben enden, das in Bahnen verlaufen war, die mehr Fragen als Antworten hinterließen.

Als *Hugo* noch ein kleiner Junge war, nahm sich ein unglücklich verliebter junger Mann das Leben. Seine Angebetete hatte einem anderen den Vorzug gegeben.

Als *Grand-mère Charlotte* das vernahm, wurde sie sehr wütend:

„Wer Hand an sein Leben legt, der schlägt dem Schöpfer ins Gesicht."

„Und Gott schlägt man nicht; das gehört sich einfach nicht!"

Hugo war inzwischen bei der wunderbaren Allee angekommen. Plötzlich geschah etwas Eigenartiges.
Die Sonne schickte ihre Strahlen durch das Blätterdach hindurch. Sie waren wie kleine, spitze Pfeile, die *Hugo* ins Gesicht sprangen und ihn für kurze Augenblicke blendeten.

Hugo war völlig verwirrt und dann sagte er laut: *„Bist du das, Grand-mère?"*

Und dann fiel ihm die Geschichte mit dem jungen Mann ein, der sich das Leben nahm und wie die *Grand-mère* darauf reagierte.

Und diese Erinnerung zauberte *Hugo* ein kleines Lächeln in sein Gesicht. Und einmal mehr empfand er eine tiefe Dankbarkeit für diese Frau, die ihn einen großen Teil seines Lebens begleitet hatte und die ihm Wertigkeiten mit in sein Leben gab, die kostbarer waren als alles Gold dieser Erde.

Die Tränen in *Hugos* Augen waren versiegt und eine wohltuende Ruhe hatte sich um seine gequälte Seele geschmiegt.

Je näher er *Gut Montereau* kam, umso leichter wurde ihm ums Herz. Die *Grand-mère* hatte ihm wieder einmal den richtigen Weg gezeigt.

„Merci, Grand-mère!"

Als *Hugo* auf *Gut Montereau* angekommen war, führte ihn sein erster Weg in die kleine Kapelle. Er zündete eine Kerze für *Elisabeth* an und gedachte ihrer in einem stillen Gebet.

Am 11. November wird im ganzen Land ein offizieller Trauertag begangen, der zugleich auch ein Feiertag ist. Er ist den vielen *„Soldats inconnus"* gewidmet.

Am 11. November 1920 wurde ein anonymer Soldat in einem Sarg nach Paris gebracht und unter dem *„Arc de Triomphe"* beigesetzt. Drei Jahre später kam die *„Flamme éternelle"* dazu, die seither täglich um 18:30 Uhr neu entfacht wird, um so der gefallenen französischen Soldaten zu gedenken.

Hugo de Montereau, der viele seiner Kameraden sterben gesehen hat, ging mit seinem Gedenken in anderer Form um.

Alle Jahre, am 11. November, lud er zu einer *„Wohltätigkeitsveranstaltung für Kriegshinterbliebene"* auf *Gut Montereau* ein.

Zu diesem Zweck zog er jedes Jahr seine alte Uniform an, geschmückt mit seinem Orden an der Brust. Er machte das nur widerwillig; aber man erwartete es von ihm und er tat es ja für einen guten Zweck.

Was anfänglich noch recht bescheiden begann, hatte sich im Laufe der Jahre zu einer recht ansehnlich Veranstaltung heraus gemausert.

Die wohl situierten Mitmenschen öffneten ihre Börse und erkauften sich damit ein Stück Himmel. Das traf sicher nicht auf alle zu; aber auf den einen oder anderen schon.

Aber wie sagt man so schön: *„Der Zweck heiligt die Mittel."*

Den Erlös dieser Veranstaltung ließ *Hugo de Montereau* Kriegerwitwen zukommen, um deren Leben etwas zu erleichtern.

Es war am 11. November 1928, als *Hugo* – anlässlich seiner alljährlichen Wohltätigkeitsveranstaltung – eine schicksalshafte Begegnung hatte.

Er traf auf *Armand Pêcheur*, den Chefkonstrukteur einer großen Automobilfabrik.

In *Hugo*, den passionierter Autoliebhaber, fand *Monsieur Pêcheur* nicht nur einen adäquaten Gesprächspartner sondern auch einen Menschen mit ähnlicher Gesinnung.

Sie kamen sich sehr bald näher und nach einigen Gläsern Wein überraschte *Monsieur Pêcheur* seinen Gesprächspartner mit dem Geständnis, dass er bei seinem Arbeitgeber nicht das Verständnis fände, das er sich wünschte.

Er habe einen Konstruktionsplan entworfen für ein neues Automobil, dessen Realisierung die Geschäftsleitung rundherum ablehnte. Und dann kam dieser Satz:

„Wenn ich einen potenten Partner finden würde, dann würde ich meine eigene Automobilfabrik bauen und meine Pläne zur Verwirklichung bringen."

Hugo war einen Augenblick lang wie versteinert. Dann stand er auf und sagte mit fester Stimme:

„Sie haben den Partner, den Sie suchen, mon cher ami. Er steht direkt vor Ihnen. Schlagen Sie ein!"

Er streckte *Monsieur Pêcheur* die Hand entgegen und dieser schlug, ohne auch nur einen Moment zu zögern, ein.

Dann umarmten sich die beiden und eine wunderbare Freundschaft nahm ihren Anfang.

Im Herbst 1929 fand die feierliche Einweihung der Firma *„CAM"* statt und im Frühjahr 1930 wurden die ersten Automobile der Öffentlichkeit vorgestellt.

Über die Namensgebung hatte es heiße Debatten gegeben. *Monsieur Pêcheur*, richtigerweise *Ingénieur en chef Armand Pêcheur*, hatte darauf bestanden, dass der Name seines Gönners und Freundes *Hugo de Montereau* in der Bezeichnung der Firma seinen Niederschlag fände.

Und so entstand der Name *„Construction Automobile Montereau"* oder kurz **CAM***"*.

***

Seit der niederschmetternden Nachricht über den Tod *Elisabeths* waren nun mehr acht Jahre vergangen. *Hugo* hatte in all der Zeit keinerlei Interesse verspürt sich holder Weiblichkeit zu nähern.

Seine Fähigkeit zu lieben ist an jenem Tag gestorben, als er erfuhr, dass es seine Elisabeth nicht mehr gibt.
Die Gründung der Firma mit seinem Freund *Armand* und die vielversprechende Entwicklung bei der Fabrikation der Automobile und deren Verkauf hatte ihn verändert.

Hugo hatte sich verliebt. Und zwar in die Tochter von *Armand*, die bezaubernde *Louise Pêcheur*.

Louise war siebzehn Jahre jünger als *Hugo* und das einzige Kind von *Armand*. Sowohl *Armand* als auch dessen Gattin *Josette* waren entzückt, als *Hugo* um die Hand von *Louise* anhielt.

Am 13. Juli 1930 wurde geheiratet und am 29. April 1931 kam ein entzückendes Mädchen auf die Welt. Es wurde auf den Namen *Florence* getauft und alle waren glücklich.

Die Freude von *Au-Gu*, dem Vater von *Hugo* über das süße Enkelkind währte nur kurz. Nur wenige Monate später starb *Comte August-Guillaume de Montereau* an Herzversagen. Die brütende Hitze des Sommers war seinem Herzen einfach zu viel.

Hatte sich der alte *Comte* bisher um *Château Rambour* gekümmert, so fiel das jetzt *Hugo* zu.

Das bedeutete Arbeit fast rund um die Uhr. *Louise* beklagte sich immer wieder über das viele Alleinsein; aber es nützte nichts. Was sollte *Hugo* auch tun?

Der kleine Sonnenschein gedieh prächtig. Alle hatten eine Riesenfreude mit der kleinen *Demoiselle*.

Hugo sah sie meist nur beim Frühstück und an den Sonntagen.

Die Sonntage gehörten der Familie. Dann saßen sie alle zusammen. *Armand* und *Josette*, *Hugo* und *Louise* und natürlich die kleine „*Flo*". Diesen Kosenamen hatte ihr *Grand-père Armand* verpasst.

Und der passte auch sehr gut. *Florence* war ein quirliges Geschöpf, das nicht lange auf seinem Hinterteil verweilen konnte.

Wie alle Kinder vom Geschlecht *Montereau* bekam auch *Flo* ein kleines Reitpferd. Ihr Interesse daran hielt sich jedoch sehr in Grenzen.

Auch was die Puppen betraf, von denen nicht wenige ihr Spielzimmer bewohnten, so erregten diese auch nur sehr begrenzt das Interesse von *Florence.*

Was eine große Faszination auf den kleinen Wirbelwind ausübte, das war ein Blechauto, das sie von *Grand-père Armand* bekommen hatte.

Als der das sah, da jauchzte das Konstrukteursherz von *Armand* und im Geiste sah er sie schon in ihrem ersten Automobil auf den Straßen herum kurven.

Und als *Florence* vier Jahre alt war, bekam sie ihr erstes Automobil, eine *„Camette"*. *Armand* hatte ein Batterie betriebenes Kinderauto konstruiert.

Die Freude war unbeschreiblich, als *Flo* ihre ersten Runden durch den großen Park von *Château Rambour* drehte.

Es war ein sonniger Tag in Frankreich und das Gemüt der Menschen war heiter und unbeschwert.

Und nur wenige hundert Kilometer entfernt davon, in Deutschland, hatte ein Verrückter Feuer gelegt, das sich rasend schnell zu einem Flächenbrand ausweiten sollte.

Im selben Jahr, als die kleine *Florence de Montereau* ihre ersten Runden im Park von *Château Rambour* drehte und die Umstehenden vor Begeisterung in die Hände klatschten, wurden die Nürnberger Gesetze verabschiedet, welche die Juden um ihre Bürgerrechte beraubten...

Hugo de Montereau betrachtete die Entwicklung im benachbarten Deutschland mit großer Sorge. Und die ganze Welt sah tatenlos zu, wie sich – unter der Führung eines totalitären Regimes – das Gebiet der *Weimarer Republik* immer weiter ausdehnte.

„Das Böse in Menschengestalt" holte seine *österreichischen Heimat „heim ins Reich"*, gliederte das *Saarland* ein, ließ das *Sudetenland* durch politische Erpressung und militärischer Drohung an das inzwischen *„Großdeutsche Reich"* abtreten. Hinzu kamen auch das *Memelland*, sowie *Böhmen und Mähren*.

Das Lippenbekenntnis *„Nie wieder Krieg!"*, welches nach 1918 aus ungezählten Mündern erschallte, klang noch schwach in deren Ohren, als ca. zwanzig Jahre später schon wieder junge Menschen in den Krieg zogen.

Sie taten das mit derselben Begeisterung wie ihre Väter, von denen die meisten nicht aus dem *Ersten Weltkrieg* wieder nach Hause zurückgekehrt waren.

Man könnte meinen, dass die Dummheit eine menschliche Veranlagung ist, die von Generation zu Generation weiter gereicht wird...

Am 1. September 1939 überfiel die deutsche Kriegsmaschinerie Polen und der *Zweite Weltkrieg* öffnete seinen alles verschlingenden Schlund.

Da Frankreich durch eine Militärkonvention Polen verpflichtet war und Deutschland der Forderung von Frankreich und England auf Zurückziehung ihrer Truppen von polnischem Gebiet nicht nachkam, erklärten Frankreich und England den Deutschen den Krieg.

Hugo, inzwischen sechsundvierzig Jahre alt, trat wieder in den aktiven Militärdienst ein.

Aufgrund seiner körperlichen Einschränkung wurde er in den Generalstab berufen. Seiner Bitte an die Front versetzt zu werden, wurde nicht entsprochen.

Es war ein tränenreicher Abschied auf *Gut Montereau*, als *Colonel Hugo de Montereau* in den Krieg zog.

Besonders schwer fiel es *Florence*. Sie klammerte sich mit aller Kraft an ihren Papa und wollte ihn gar nicht mehr loslassen. *Hugo* fiel es sichtlich schwer sich von seiner kleinen *Flo* zu trennen.

Louise fiel es wesentlich leichter. Sie hauchte ihrem Gatten einen Kuss rechts und links auf die Wange und mit einem „*bonne chance*" sah sie ihre Pflicht als tapfere Ehefrau erfüllt.

Armand Pêcheur hatte Tränen in den Augen, als er seinen Schwiegersohn und Freund umarmte. Er konnte keine Worte finden, aber in seinen Augen stand eine klare Botschaft geschrieben:

„*Pass auf dich auf, komm gesund wieder – ich liebe dich wie einen Sohn!*"

Hugo setzte sich ins Auto und fuhr, begleitet von einem kleinen Lächeln, in Richtung Paris zum Generalstab. Dort, wo er aktiv sein würde, fielen keine Schüsse und sein körperliches Wohlbefinden würde nicht gefährdet sein.

Die Bemühungen Frankreichs und Englands vermochten den unersättlichen „*Moloch Krieg*" nicht aufzuhalten. Und trotz vieler Schreckensmeldungen, gab es immer wieder einmal kleine Wunder, die passierten.

Am 24. Mai 1940 geschah ein solches Wunder. Und dieses war ein unbeschreiblich großes Wunder.

Fast 400.000 alliierte Soldaten – Briten, Franzosen und Belgier – drängten sich Ende Mai 1940 um die französische Hafenstadt *Dünkirchen*.

Die deutschen Panzerspitzen standen nur mehr wenige Kilometer vor der Stadt, als genau um 12:45 Uhr, mitten im unaufhaltsamen Vormarsch der deutschen Truppen in Nordostfrankreich der Befehl kam *„die Kanallinie nicht zu überschreiten."*

Obwohl der taktisch widersinnige *"Halt-Befehl"* schon knapp 49 Stunden später wieder aufgehoben wurde, verschaffte der Stopp der Wehrmachts-Panzer der britischen Regierung die notwendige Zeit, um eine gewaltige Evakuierung zu organisieren. Mehr als 370.000 britische und französische Soldaten konnten über den Kanal entkommen.

Wenn Menschen glauben Krieg führen zu müssen, dann schlägt sich Gott – obwohl immer wieder darum gebeten – ganz sicher nicht auf die Seite eines der Kontrahenten. In diesem Fall hatte er wohl einfach nur Mitleid...

Am 22. Juni 1940 wurde in *Compiègne* der Waffenstillstand zwischen Deutschland und Frankreich geschlossen. Damit war für *Hugo de Montereau* der Krieg zu Ende.

Es war ein bitterer Trank, der von der Siegermacht aus *Zynismus* und *Rachedurst* zusammengebraut worden war.

Die Unterzeichnung des Waffenstillstands fand im *Wald von Compiègne* statt, und zwar im selben *Salonwagen*, in welchem 1918 *Marschall Foch* Regie führte.

Damit war die *„nationale Schmach durch den Erbfeind Frankreich"* getilgt.

Als *Hugo de Montereau* nach Hause kam, wurde ihm ein triumphaler Empfang bereitet.

Frankreich hatte zwar den Krieg verloren; aber man feierte auf *Gut Montereau* einen Sieg: den Sieg des Lebens über Tod und Verderbnis.

Sowohl das *Gut* als auch *Château Rambour* hatten den Krieg unbeschadet überstanden. Und die *Automobil-Fabrik* stand noch an selber Stelle wie zu Kriegsbeginn.

Es hatte eine einzige brenzlige Situation gegeben, als ein deutsches Flugzeug eine Bombe abwarf, die sich am Zielort des Angriffs nicht richtig ausklinken ließ, und die über Niemandsland endgültig abgeworfen werden konnte.

Außer einem riesigen Krater, unweit des Schlosses, entstand kein weiterer Schaden.

Zum großen Glück drangen Kriegshandlungen nicht bis *Gut Montereau* durch und so erlebten die Menschen dort das Kriegsende in einer guten Verfassung.

Hatte *Hugo* sich im ersten Weltkrieg noch gegen das Schimpfwort *„Boches"* für die Deutschen gewehrt, so sagte er es jetzt aus vollem Herzen:

„Les Allemands – les Boches!"

Am Ende des Krieges waren ein Vielfaches mehr Tote zu beklagen als im ersten Weltkrieg und das alles nur, weil ein Verrückter ein ganzes Volk verführte und sie ihm willig gefolgt sind, wie in grauer Vorzeit die Ratten von Hameln ihrem Rattenfänger.

Hugo de Montereau konnte es einfach nicht begreifen. Ratten kann man nur schwerlich einen Vorwurf machen; Menschen hingegen schon.

Von Stund an nahm *Hugo* keine Waffe mehr in die Hand; noch nicht einmal für die Jagd…

Man schrieb das Jahr 1949. In diesem Jahr gab es einige nennenswerte Ereignisse:

1. Deutschland wurde geteilt in die *BRD* (Bundesrepublik Deutschland) und in die *DDR* (Deutsche demokratische Republik).

2. *Konrad Adenauer*, der „*Alte aus Rhöndorf*" und Oberbürgermeister der Stadt Köln wurde erster deutscher Bundeskanzler u n d

3. *Mao Zedong* rief die Volksrepublik China aus.

Das wichtigste Ereignis jedoch fand in Frankreich statt:

Florence bestand ihr *Baccalauréat* (Abitur).

Auf *Gut Montereau* herrschte „eitel Freud und Wonne" und das „*Bac*" von *Florence* wurde gebührend gefeiert.

Hugo hatte eine kleine Überraschung für seine *Flo*. Im Hof stand ein nagelneuer *„ CAM – Sport"*.

Florence fiel ihrem Papa um den Hals und küsste ihn ohne Ende. Er war halt doch der beste Papa auf der ganzen Welt.

So freudvoll die Stimmung gerade noch war, so blitzartig kehrte sie sich ins Gegenteil, als *Florence* eröffnete, dass sie *„ Médecine"* studieren wolle.

Es war nicht das *„ was"*, das sie studieren wollte sondern das *„ wo"*.

„Ich will mein Studium zum „Docteur en médecine" in Stasbourg absolvieren", so die Ankündigung von Florence.

„Ich möchte das nicht!", sagte *Hugo* in einem erregten Tonfall, *„ich möchte das auf gar keinen Fall!"*

„Aber wieso?", fragte Florence völlig verwirrt.

„Das spielt keine Rolle. Ich möchte es einfach nicht. Du kannst an die Sorbonne oder sonst wohin gehen; aber nicht nach Strasbourg."

Florence ließ sich damit aber nicht abspeisen. Sie war viel zu sehr ihr Vater, als dass sie das ohne eine ausreichende Erklärung hinnehmen würde.

„Erkläre mir das bitte, Papa!", sagte sie mit dem gleichen, erregten Tonfall, wie zuvor ihr Vater.

„Das ist mir zu nahe an Deutschland!"

Jetzt war die Katze aus dem Sack. Für *Florence* und die anderen Herumstehenden ergab diese Antwort aber keinen Sinn.

Allein *Hugo* wusste, warum er so heftig reagiert hatte. Die alte Wunde war wieder aufgebrochen. *Elisabeth*, die er glaubte, tief in seinem Innersten, verdrängt zu haben, stand plötzlich wieder vor ihm.

Und es tat genau so weh wie vor vielen Jahren, als er von ihrem Tod erfahren hatte.

Armand, der sich bisher zurück gehalten hatte, meldete sich zu Wort:

„Mein lieber Hugo, das kannst du nicht machen. Der Krieg ist vorbei. Und Strasbourg hat eine ausgezeichnete Université".

Und bevor *Hugo* etwas erwidern konnte, fügte *Armand* noch hinzu:

„Florence ist ein gescheites Mädel; sie weiß, was sie will. Da gerät sie offenkundig nach dir. Hättest du dir von deinem Vater vorschreiben lassen, was du tust?"

Und wieder kam *Hugo* nicht zum Wort, denn *Florence* fügte der flammenden Rede ihres *Grand-père Armand* ergänzend hinzu:

„In Strasbourg ist übrigens auch der Sitz des Conseil de l'Europe (Europarat)."

Hugo, der inzwischen resigniert hatte, entfloh dieser Situation mit dem lapidaren Satz:

„Von mir aus; dann halt eben Strasbourg."

Er hatte sich selbst zurück genommen, weil ihm bewusst geworden war, dass er sich verrannt hatte.

„Es waren deutsche Menschen, die ihn nach seiner Verwundung gesund gepflegt hatten", dachte er bei sich *„und wohl nicht alle Deutschen sind Verbrecher..."*

Im September 1950 schrieb sich *Florence de Montereau* an der *„Université de Strasbourg"* als *„Étudiante en médecine"* ein. Sie tat dies unter dem Namen *„Florence de Rambour",* dem Namen ihres *Grand-père Guillaume de Rambour.*

Und somit blieben ihr Erklärungen über den *„Helden Auguste de Montereau"* erspart, was schon ihrem Papa auf die Nerven gegangen war.

Zur gleichen Zeit begann auch *Paul Darrieux* sein Studium für *Médecine.* Sein größter Wunsch war es Menschen zu helfen, was seine Mutter, *Élise Darrieux,* aus ganzem Herzen unterstützte.

Pauls Vater, *Alain Darrieux,* war von dieser Idee nicht wirklich begeistert. Als erfolgreicher *Rallyefahrer* – er gewann unter anderem zweimal *„Paris-Dakar"* – fand er den Beruf als Arzt nicht gerade prickelnd.

Es war in der *Mensa*, als sich *Florence* und *Paul* zum ersten Mal über den Weg liefen. Es war Liebe auf den ersten Blick.

Paul, von Haus aus eher ein schüchterner junger Mann, hatte zu Beginn Hemmungen, als er von der adligen Abstammung von *Florence* erfuhr.

Diesen Zahn hatte ihm *Florence* im Handumdrehen gezogen. Im umgekehrten Fall, zeigte sie sich nicht sonderlich beeindruckt von der Tatsache, dass *Paul* der Sohn des berühmten *Alain Darrieux* war.

Sie wusste natürlich, wer er war, denn die Regenbogenpresse brachte immer wieder Berichte und kompromittierende Bilder des *Charmeurs* und was die Welt der Automobile betraf, so war sie ja nicht ganz unbedarft.

Hugo hatte für *Florence* eine kleine Wohnung in *Strasbourg* angemietet. Als er das tat, ging er sicherlich nicht davon aus, dass seine brave *Flo* ein „*Nid d'amour*" (Liebesnest) daraus machen würde.

Florence tat auch alles dafür, dass der *„Cher Papa"* nichts davon mitbekam. Sobald er seinen Besuch avisierte, musste *Paul* seine *„sieben Sachen"* zusammen packen und vorüber gehend zuhause schlafen.

Hugo meldete seine Besuche immer vorher an, wie ein ordentlicher Beamter. *„Dem Himmel sei Dank!"*

Louise, die Mutter von *Florence*, hatte eine neue Liebe gefunden. Sie hatte sich dem Alkohol zugewandt. Die Ursache hierfür war nicht wirklich erkennbar.

War es *Fadesse*, die sie diesen Schritt gehen ließ oder war es mangelnde Zuwendung von *Hugo*? Man hat es nie erfahren. *Louise* selbst hat sich dazu nie geäußert.

Sie schaffte es in relativ kurzer Zeit ihre Leber einem zerstörerischen Prozess zuzuführen, der in immer kürzer werdenden Zeitabständen einen Aufenthalt im Spital nötig machte.

Sie hatte sich von der Familie völlig abgewandt. Noch nicht einmal das Leben ihrer Tochter weckte Interesse bei ihr. Sie gab sich mit großer Leidenschaft weiter dem Alkohol hin und einer damit verbunden Lethargie.

Florence hatte ihr zweijähriges *PCEM* gut überstanden und begann jetzt mit dem zweiten Studienabschnitt, dem *DCEM*, das über vier Jahre geht und in dessen Verlauf man in die Arbeit in einem Spital eingeführt wird.

In diesen Jahren sind viele *Praktika* vorgesehen und das Erlernen von Kenntnissen aus der *Pathologie*. Das Verhältnis zwischen Theorie und Praxis ist in dieser Zeit ausgeglichen.

Ausgeglichen waren in dieser Zeit auch die beiden Liebenden. Sie hatten sich so sehr zusammengelebt, dass der nächste Schritt mehr als nahe lag.

Sie fanden beide, es sei an der Zeit ihre Liebe öffentlich zu machen, d.h. sich einander ihren Eltern vorzustellen.

In den Semesterferien 1954 *lernte Florence de Rambour* die Eltern von *Paul* kennen.

Élise Darrieux war von *Florence* sofort angetan und sie machte auch keinen Hehl daraus. Sie umarmte *Florence* mit einer solchen Innigkeit, dass diese gar nicht wusste, wie ihr geschah.

Und *Pauls* Vater, „*Charmeur Alain*", machte das, was er immer machte, wenn er auf ein weibliches Wesen traf, das altersmäßig seine Tochter hätte sein können; er flirtete sie an.

Florence hatte das sofort bemerkt und sie konnte es sich nicht verkneifen diesem Herrn den Wind aus den Segeln zu nehmen:

„Monsieur Darrieux, Sie sehen blendend aus. Man sieht Ihnen die Zweiundfünfzig gar nicht an. Oder sind Sie jetzt schon Fünfundfünfzig?

Paul erschrak und sah leicht verunsichert zu seiner Mutter hin.

Diese hatte die Absicht von *Florence* erkannt und sie genoss das couragierte Auftreten dieser jungen Frau.

„Ja, ja, mein lieber Alain. Er tut alles für sein jugendliches Aussehen; aber das Alter lässt sich nun einmal nicht aufhalten."

Das hatte gesessen. Mit dieser Ergänzung seitens der Mutter von *Paul* konnte *Florence* nicht rechnen. Umso mehr freute sie sich darüber.

Alain konnte die Wirkung dieser *„verbalen Ohrfeigen"* nur schwer verbergen. Er flüchtete sich in eine neutrale Höflichkeit, indem er den Anwesenden ein Glas *Champagner* zur Begrüßung anbot.

Ganz anders hingegen verlief der Besuch auf *Gut Montereau*.

Paul war über die Maßen verwirrt, als er sich mit dem Namen *„de Montereau"* konfrontiert sah. Und tatsächlich trat das ein, was *Florence* bewogen hatte diesen Namen nicht beim Studieren zu verwenden.

„Sind Sie mit Auguste de Montereau verwandt, dem Helden Napoléons?"

Diese *„endlose Geschichte"* machte noch nicht einmal vor den Jungen halt. Wie war das möglich?

Nachdem diese Frage hinlänglich beantwortet war, erklärte *Florence* diesen kleinen Schwindel, der ja nicht wirklich ein Schwindel war, denn Florence war Inhaber beider Namen.

Das Auftreten und die guten Manieren von *Paul* imponierten *Hugo* schon sehr. Ihm gefiel auch sein Aussehen. Sein Gesicht erinnerte ihn an jemanden. Er wusste nur nicht, an wen…

Louise, die Mutter von *Florence* war nicht zugegen. Sie musste wieder einmal das Spital aufsuchen, weil ihre Leber heftige Schmerzen ausgelöst hatte.

Florence und *Paul* blieben einige Tage auf *Gut Montereau*. Sie besuchten auch *Château Rambour*, dessen Namen *Florence* ja derzeit trug.

Grand-père Armand und *Grand-mère Josette* wurden ebenfalls mit ihrem Besuch beehrt, bevor die beiden weiter reisten. Ihr Ziel war „*Narbonne-Plage*", ein kleiner Ort am Mittelmeer im Süden Frankreichs.

Zum Abschied überreichte *Hugo* seiner Tochter ein Couvert mit einem Brief, den er sie bat erst später zu öffnen. In ihm war ein größerer Geldbetrag beigefügt.

„Geliebte Flo!
Ich bin sehr glücklich darüber, dass du meine Tochter bist und ich bin auch sehr stolz auf dich. Es gibt nichts, was ich an dir ändern möchte. Du bist mein größtes Geschenk und ich danke Gott dafür, dass es dich gibt.
Ich bedaure nur, dass die Frau, die ich einmal aus Liebe geheiratet habe, dir nicht die Mutter ist, die du verdientest. Umso mehr freut es mich, dass du dadurch keinen großen Schaden genommen hast.
Es freut mich auch, dass du einen netten, jungen Mann kennen und lieben gelernt hast, der sehr gut zu dir passt. Genießt eure gemeinsame Zeit und überstürzt nichts.
Ich hoffe, ihr könnt meine kleine finanzielle Unterstützung in eurem Urlaub am Meer gut gebrauchen und ich wünsche euch ein paar erholsame, aber auch aufregende Wochen.
Dein Papa

Florence musste eine kleine Träne unterdrücken, als sie das las. Einmal mehr war ihr bewusst, wie sehr sie ihren Papa liebte und wie viel Verachtung sie für ihre Mutter empfand, die ihrem Vater und auch ihr das antat.

Es waren aufregende Wochen, welche *Flo* und *Paul* am Meer verbrachten.

Sie hatten einen gut aussehenden und sympathischen Mann kennen gelernt, der auf den Namen „*Jaques*" hörte und eine Yacht besaß.

Mit ihm und seiner Begleitung, alles junge Menschen, wurde jeden Abend Party gemacht.

Florence genoss das in vollen Zügen. *Pauls* Begeisterung hielt sich in Grenzen. Er hätte lieber mehr Zeit mit *Florence* allein verbracht; ließ sich aber von ihr mitreißen.

Der Vater von *Jaques* war Besitzer eines renommierten Hotels, direkt an der „*Croisette*" in *Cannes*.

„*Wir fahren morgen an die Côte d`Azur. Kommt ihr mit? Ich lade euch ein, ihr seid meine Gäste.*

Florence war sofort hellauf begeistert und ohne *Paul* zu fragen, antwortete sie sofort mit einem JA.

Als sie später allein waren, äußerte *Paul* seine Bedenken, die Fahrt mit der Yacht nach *Cannes* betreffend; aber *Florence* liebte seine Bedenken mit ihrem wunderbaren Körper hinweg.

Obwohl sie schon einige Tage mit *Jaques* und dessen Clique verbracht hatten, wurde *Paul* nicht richtig warm mit *Jaques*. Er schien ihm zu leichtfertig, zu oberflächlich.

Die Fahrt mit der Yacht war aufregend und schön. Auch *Paul* musste sich das eingestehen und er genoss das rasante Dahinbrausen auf dem Wasser, das Sonnen auf dem Deck und die vielen exotischen Getränken, von denen er oft noch nicht einmal den Namen kannte.

Seine Ressentiments gegen *Jaques* wurden im Verlauf diese Fahrt immer weniger und als sie in *Cannes* angekommen waren, hatten sie sich in Luft aufgelöst.

Der Vater von *Jaques* hieß *Florence* und *Paul* herzlich willkommen und als er hörte, dass die neue Freundin seines Sohnes eine *„de Rambour"* war, war es keine Frage für ihn eine Suite zur Verfügung zu stellen.

Dass *Paul* der eigentliche Partner von *Florence* war, interessierte ihn nur am Rande. Sein Sohn würde das schon machen und eine junge, adlige Dame aus bestem Hause unter seinem Dach verweilend war allemal gut für das Renommee des Hotels.

Paul und *Jaques* kamen sich immer näher. *Paul* machte das in gutem Glauben an eine beginnende Freundschaft und *Jaques* aus Kalkül.

Jaques wusste, der Weg zu *Florence* führte über *Paul*.

Und *Florence* fühlte sich auf eine ihr unerklärliche Weise zu *Jaques* hingezogen.

Die jungen Leute waren wieder einmal durch diverse Bars gezogen und *Paul* hatte zu viel Alkohol ausgefasst.

Was dann passierte, hätte nicht passieren sollen; passierte aber trotzdem.

Florence brachte ihren *Paul* ins Bett und folgte danach der Bitte von *Jaques* mit ihr noch tanzen zu gehen. Es gab da eine Diskothek, etwas außerhalb der Stadt, wo sich der *Jetset* gern vergnügte.

Florence nahm überhaupt nicht wahr, dass sie im Begriff war dem alles vereinnahmenden Charme von *Jaques* zu erliegen.

Es war lange nach Mitternacht, als die beiden die Diskothek verließen. *Florence* war etwas wacklig auf den Beinen und *Jaques* führte sie.

Auf dem Parkplatz angekommen, riss *Jaques* die völlig überraschte *Florence* an sich und küsste sie stürmisch auf den Mund.

Er presste dabei in größter Erregung seinen Körper an *Florence*. Wie in Trance ließ sie ihn gewähren; auch dann noch, als er sie im Auto entkleidete und in sie drang.

Florence spürte die große Heftigkeit, mit der *Jaques* immer wieder in sie hinein stieß und sie genoss es so sehr, wie sie noch nie zuvor einen Liebesakt genossen hatte.

Wenn sie mit *Paul* intim war, dann war das von großer Zärtlichkeit getragen. Aber das, was sie gerade erlebte, war ganz anders. Es war wie eine große Explosion.

Als sie später in die Suite zurück gekehrt war und *Paul* friedlich schlafend im Bett vorfand, fühlte sie eine große Reue und einen bitteren Geschmack.

Die gerade noch eben erlebte Explosion war völlig verpufft. Zurück geblieben war nur eine große Leere.

Nach einem Liebesakt mit *Paul* fühlte *Florence* jedes Mal eine Wärme und einen tiefen Frieden.

Florence legte sich ins Bett, hatte aber Hemmungen sich an *Paul* zu schmiegen. Sie kam sich schuldig vor und sehr, sehr schmutzig.

Noch bevor sie einschlief, beschloss sie am nächsten Morgen *Paul* alles zu erzählen und ihn um Verzeihung zu bitten.

Der nächste Tag sollte das Leben von *Florence* verändern; ja völlig auf den Kopf stellen.

Als sie, nach dem Frühstück, zurück in ihre Suite gingen, um sich umzuziehen, beichtete *Florence* ihren Fehltritt.

Die Reaktion von *Paul* verlief auf eine Art, wie *Florence* es nicht erwartet hätte. Kein Wutausbruch – nur ein sachlicher, scheinbar emotionsloser Umgang mit den Fakten.

Paul packte seine Sachen, gab *Florence* einen Kuss auf die Wange und ging bei der Tür hinaus.

Florence stand wie versteinert da. Sie hatte gehofft, *Paul* könnte ihr verzeihen und ihre Offenheit irgendwie damit belohnen. Aber das wäre nicht *Paul* gewesen. Seine Geradlinigkeit war eine der vielen Eigenschaften, die *Florence* so sehr an ihm liebte.

Nachdem sich *Paul* ein Stück weit vom Hotel entfernt hatte, kam er an einem Park vorbei. Er ging hinein und setzte sich dort auf eine Bank. Und dann brach es aus ihm heraus. Er hatte die Liebe seines Lebens verloren und das drohte ihm sein Herz aus der Brust zu reißen.

Florence suchte *Jaques*, um mit ihm zu reden; er war aber nicht auffindbar. Dann ging sie hinunter zum Strand und legte sich in die Sonne. Und irgendwann schlief sie ein.

Es war schon früher Abend, als sie zum Hotel zurückkehrte. In der Lobby traf sie auf *Jaques*. Er hatte schon mitbekommen, dass *Paul* abgereist war.

„Wie geht es dir?", begann er eine holprige Konversation.

„Wir müssen reden!", befreite *Florence* den völlig verunsicherten *Jaques*.

„Natürlich; wann immer du möchtest."

„Jetzt! Komm bitte mit."

Als sie die Suite betraten, war sich *Jaques* sehr wohl darüber im Klaren, dass dies kein *Tête-à-tête* sein würde.

Florence hatte lange nachgedacht und sie war zu dem Entschluss gekommen, dass sie keinesfalls nach *Strasbourg* zurückkehren würde.

Ein Zusammentreffen mit *Paul* hätte sie nicht ertragen und es wäre wohl unausweichlich gewesen. Und ihrem Papa wollte sie ebenfalls nicht begegnen. Nicht jetzt. Vielleicht etwas später, wenn sie genügend Abstand gewonnen hätte.

„*Kannst du mir Arbeit besorgen?*", fragte sie den völlig verdutzten *Jaques*.

„*Wie meinst du das?*"

„*Na Arbeit eben.*"

„*Hier bei uns?*"

„*Wo sonst?*"

Jetzt stieß *Jaques* an die Grenzen seiner Intelligenz, die nicht in übergroßer Menge vorhanden war. *Florence* fragte sich, wie sie sich mit diesem Menschen einlassen konnte.

„*Und was hast du dir vorgestellt?*"

„*Hausdame vielleicht?*"

„*Da müsste ich erst einmal mit meinem Vater reden.*"

„Dann tu das; aber bald!"

Der Vater von *Jaques* hüpfte vor Freude beinahe in die Höhe, als er von dem Ansinnen seines Sprösslings erfuhr.

„Eine adlige Hausdame, etwas Besseres kann ich mir nicht vorstellen."

Die Tatsache, dass *Florence* keine blasse Ahnung von diesem Metier hatte, störte ihn nicht im Geringsten.

Und so wurde aus der *Studentin der Medizin* eine *Hausdame* in einem Nobelhotel an der *Côte d`Azur*.

Florence hatte sich sehr schnell in ihre Arbeit eingelebt. Die Suite hatte sie mit einem kleinen Zimmer für Angestellte eingetauscht.

Sie sah es als Strafe für ihr dummes, fehlerhaftes Verhalten einer Nacht und sie nahm diese Strafe gern auf sich in dem Bewusstsein, dass es viel schlimmer wohl nicht kommen könnte.

Nur wenig Wochen später wurde sie eines Besseren belehrt. Ihre Tage waren ausgeblieben und ein Besuch beim Frauenarzt brachte ihr die niederschmetternde Gewissheit:

Die Hausdame Florence de Rambour war schwanger.

Mit der Kenntnis dieser schwer wiegenden Tatsache beladen, ging sie zum Vater von *Jaques*, um ihm das mitzuteilen. Diese Pflicht war Bestandteil ihres Arbeitsvertrages.

„Mein liebes Kind!", empfing sie der *Patron, „Sie sind schwanger? Darf man fragen, wer der glückliche Papa ist?"*

Und ohne auch nur einen Augenblick zu zögern, antwortete Florence:

„Das ist Ihr Sohn Jaques, Patron!"

Selbiger musste sich erst einmal setzen.

„Ist das wirklich wahr?"

„Es herrscht nicht der geringste Zweifel."

„Mon dieu, mon dieu!"

Der Vater von *Jaques* war aufgestanden und ging wie ein Tiger im Käfig im Zimmer auf und ab, immer wieder diese Worte sagend.

„Keine Angst, Monsieur, ich habe keinerlei böse Absichten gegen Sie oder Jaques. Ich wollte nur meiner Pflicht nachkommen und Ihnen Meldung darüber machen."

Florence war sich in dieser Situation und in diesem Augenblick plötzlich bewusst geworden, wie sehr sie sich verändert hatte. Von der alten, kämpferischen *Flo* war nicht mehr viel übrig geblieben.

Sie ließ es auch zu, dass *Jaques* sie immer wieder einmal in ihrer kleinen Kammer besuchte, um mit ihr zu schlafen; aber das Interesse an ihr wurde zusehends weniger.

„Aber was redest du da, mein Kind!", unterbrach sie der Vater von *Jaques* und er duzte sie sogar dabei.

„Jaques wird dich selbstverständlich heiraten und er wird dir ein guter Ehemann sein und dem kleinen Wurm ein guter Vater."

„Das möchte ich nicht, Patron; wirklich nicht!"

„Keine Widerrede, genau so wird es gemacht.

Und schon kurze Zeit später, am 30. August 1958 stand sie mit *Jaques* vor dem Altar und wurde getraut. *Jaques* nahm ihren Namen an und nannte sich fortan, zur großen Freude seines Vaters, *„Jaques de Rambour"*.

Als ihm sein Papa eröffnete, dass er Vaterfreuden entgegenblicke, war *Jaques* erst einmal sprachlos.

Der *Patron* hatte *Jaques* sogleich zu sich zitiert, als er von der Eröffnung seiner künftigen Schwiegertochter erfahren hatte.

Und der brave Sohn, der nicht im Traum daran dachte seinem Vater zu widersprechen, ging auf *Florence* zu und küsste sie.

Sein Vater beobachtete solches mit großem Gefallen.

Florence wusste nicht, ob sie lachen oder weinen sollte, als man ihr dieses *„Arrangement"* anbot.

Sie entschied dem zuzustimmen, denn sie war viel zu schwach, um andere Wege zu gehen und ihr Leben war ja sowieso in eine Bahn geraten, deren Richtung klar vorgegeben war.

Und nach vielen Jahren des Schweigens schrieb sie einen langen Brief an ihren Vater:

„ Mein liebster Papa,
ich bin es, deine gefallene Tochter. Ich bin voll Scham und es kostet mich unendlich viel Kraft und Überwindung dir zu schreiben.
Ich weiß auch nicht, wo ich beginnen soll.
Als ich dich zum letzten Mal sah, war die Welt noch voller Sonnenschein und mein Leben wohl geordnet.
Jetzt ist es ein einziger Scherbenhaufen und die Scherben stammen von mir.
Ich habe das Gefäß, das randvoll angefüllt war mit Glück in einem unbedachten Moment zerschmettert, indem ich einer nie zuvor gekannten Lust meinen Körper gereicht habe.
Damit habe ich einen Menschen, der mir in größter Liebe zugetan war, auf das Ärgste verletzt. Ich hoffe nur, dass diese tiefe Wunde, die ich ihm zugefügt habe, irgendwann verheilen wird und dass keine Narben zurück bleiben werden.
Jetzt bin ich liiert mit einem Mann, der mich begehrt, aber nicht liebt, weil er es nicht kann.
Ich werde mit ihm demnächst vor den Altar treten, um ihm das Jawort zu geben.

Ich weiß, dass ich nicht das Recht habe dich zu bitten, dass du mich an diesem Tag zum Altar führst und dennoch wäre es mein größter Wunsch.
Ich hoffe nur, dass du mich nicht verstößt und dass du mir mein Fehl verzeihen kannst.
Ich danke dir, dass ich dir diesen Brief schreiben durfte und ich hoffe, dass du ihn zu Ende liest, denn dein Verzeihen wäre mir von höchstem Wert.
Ich umarme dich in größter Liebe und ich weine, dass ich nicht bei dir sein kann.
Grüße bitte Mama und die Grands-parents von mir!

In Liebe deine Flo

Als Florence diesen Brief geschrieben hatte, verspürte sie, wie leicht ihr plötzlich ums Herz geworden war. *Vielleicht würde ihr der geliebte Papa ja doch irgendwann verzeihen können...*

Die Überraschung war riesengroß, als nur wenige Tage später der Antwortbrief von ihrem Vater kam.

Meine über alles geliebte Florence,
welch unbeschreibliche Freude ergriff mich, als ich endlich, nach viel zu langer Zeit, ein Lebenszeichen vor dir erhalten habe.
Wie konntest du annehmen, dass ich dich verstoßen könnte. Dazu liebe ich dich viel zu sehr.
Glaubst du denn, mein Lebensweg verlief immer in geraden Bahnen.
Du warst viel zu jung, als dir das Schicksal ein Bein stellte. Und bei allem, was tu getan hast, bin ich mir sicher, dass nie eine böse Absicht dahinter gestanden hat.

Also, wisse, dass ich dir nicht verzeihe; weil es nichts zu verzeihen gibt.
Deine lieben Grüße an deine Mama konnte ich nicht weiter reichen, weil schon bald nach eurer Abreise der Alkohol sein Werk vollendet hat. Der Tod hat sie von dieser Geisel erlöst.
Und deine Grands-parents leben leider auch nicht mehr. Sie waren beide hoch betagt und hatten ein erfülltes Leben. Ich habe ihnen in deinem Namen Blumen ans Grab gelegt.
So, mein Liebling, sei nicht traurig. Das Leben geht immer weiter, wie auch das deine.
Ich werde dich natürlich, wenn das noch immer dein Wunsch ist, mit freudigem Herzen zum Altar führen.
Und ich freue mich schon sehr dich bald in meine Arme schließen zu können.
Grüße bitte deinen Gatten und seine Eltern recht herzlich von mir.
À bientôt! Dein dich immer liebender Papa

Als *Florence* den Brief gelesen hatte, brachen alle Dämme. Nun gab es kein Halten mehr. Tränen des Glücks waren Ausdruck dafür, dass der liebste Mensch, der ihr noch geblieben war, ihr verziehen hatte und dass sie ihn schon bald in ihre Arme nehmen können würde.

Die Hochzeit wurde ein Großereignis. Der Schwiegervater von *Florence* hatte alles geladen, was Rang und Namen hatte.

Florence hätte sich lieber eine Feier im kleinen Rahmen gewünscht; aber das ließ *Pascal*, Hotelier und Vater von *Jaques* nicht zu.

Eine solche Werbewirksamkeit konnte er sich keinesfalls entgehen lassen.

Als *Hugo* die neue Verwandtschaft seiner Tochter kennenlernte, hielt sich seine Begeisterung sehr in Grenzen. Er machte jedoch gute Miene zum bösen Spiel und ließ sich nichts anmerken.

Dass *Jaques* nicht das Abbild eines treuen und liebenden Gatten war, erkannte *Hugo* auf den ersten Blick. *„Armes Kind"*, dachte er bei sich, als er *Florence* zum Altar führte.

Hugo nahm mit großem Unbehagen an der Feier teil, bei der es viel zu laut zuging. Das hatte absolut nichts von vornehmer Gesellschaft; das waren *gesellschaftliche Parvenüs,* deren Vornehmheit sich in großen Mengen Geldscheinen ausdrückte.

Florence war das nicht entgangen. Umso mehr bedankte sie sich bei ihrem Vater, als er sich von ihr verabschiedete.

„Ich dank dir so sehr, liebster Papa, dass du mir an diesem Tag beigestanden hast. Es bedeutet mir unendlich viel."

„Ich weiß, mein Liebling, ich weiß. Und du sollst wissen, dass du jederzeit auf Gut Montereau willkommen bist."

„Danke, Papa; vielen Dank!"

Eine letzte Umarmung und dann fuhr *Hugo de Montereau* zurück in seiner Welt. Eine große Traurigkeit begleitete ihn auf seiner Fahrt.

Er ließ seine Tochter zurück, die sich so sehr verändert hatte. Alle Fröhlichkeit und alle Leichtigkeit waren von ihr gewichen.

Und dabei wusste *Hugo* noch nicht einmal, dass er bald Großvater werden würde. *Florence* hatte sich bei *Jaques* und dessen Eltern ausbedungen dieses Geheimnis zu wahren. Und zu ihrer großen Überraschung hatten sie daran gehalten.

Am 29. Januar 1959 wurde *Philippe, Pascal, Hugo de Rambour* geboren und war von seinem ersten Schrei an der Liebling seines *Grand-père Pascal*.

Pascal, der von seinem Sohn *Jaques* nicht viel hielt, sah in den jungen Erdenbürger seinen Nachfolger. Er wollte ihn fördern, ihn aufbauen, damit er später einmal sein Imperium übernehmen könne.

Philippe war von Geburt an ein ernstes Kind. *Jaques* konnte überhaupt nichts mit ihm anfangen. Es störte ihn jedoch nicht weiter, hatte er ja doch noch andere Interessen, denen er sich nur allzu gerne widmete.

Pascal hingegen hatte zu *Philipp* von Anfang an einen guten Draht. Er verhielt sich auch *Florence* gegenüber höchst anständig. Er wagte immer wieder einmal kleine Vorstöße in Richtung Nachwuchs.

"Wäre es nicht schön, wenn Philippe noch ein kleines Brüderchen oder Schwesterchen bekäme?"

"Das musst du deinem Sohn sagen. Der hat ja keine Zeit für mich. Er vergnügt sich lieber mit anderen Frauen und um Philippe kümmert er sich auch nicht."

"Das tut mir leid, liebe Florence; ich werde mit Jaques reden."

Pascal hatte mit seinem Sohn gesprochen und es hatte tatsächlich Wirkung gezeigt. *Jaques* verbrachte wieder mehr Zeit im gemeinsamen Ehebett, was aber ohne erkennbaren Erfolg blieb.

Man schrieb inzwischen das Jahr 1962 und noch immer war kein neues Leben entstanden.

"Ich habe euch bei Docteur Moreau angemeldet. Vielleicht hilft ja eine Hormonkur oder was man da sonst noch so machen kann."

Mit diesen Worten stellte *Pascal* Sohn und Schwiegertochter vor vollendete Tatsachen.

Und weil der *Patron* Wiederspruch nicht duldete, ließen sich die beiden von dem *Docteur* untersuchen.

Docteur Moreau war seit ewigen Zeiten der Hausarzt von *Pascal* und seiner Familie und er kannte *Jaques* von Kindesbeinen an. Daher fiel es ihm auch sehr schwer, was er verkünden musste:

„Bei Ihnen ist soweit alles in bester Ordnung, meine liebe Florence. Hingegen bei dir, mein Lieber, gibt es da ein kleines Problem."

„Was meinen Sie damit, Docteur?", fragte Jaques nervös.

„Du kannst keine Kinder zeugen; das meine ich damit."

„Und seit wann ist das so?", fragte Jaques weiter und seine Stimme war lauter geworden.

Und dann kam die niederschmetternde Antwort, die sowohl für *Jaques* als auch für *Florence* eine Katastrophe war.

„Das war bei dir von Geburt an, mein Lieber; eine Laune der Natur."

„Bedeutet das, dass Philipp…"

Weiter kam Jaques nicht.

„Ja! Und es tut mir leid!"

Florence hatte als erste ihre Fassung wieder gewonnen.

„Sie sind doch an das Arztgeheimnis gebunden, cher docteur."

„Ja, ich unterliege der ärztlichen Schweigepflicht."

„Vielen Dank und au revoir!"

Florence hatte Jaques an der Hand genommen und war mit ihm hinaus gegangen.

„Wir müssen reden. Und zwar sofort. Lass uns in ein Café gehen!"

Jaques folgte *Florence* wie ein kleines, verängstigtes Kind.

Der *„Stier der Croisette"*, wie ihn seine Freunde gerne nannten, hatte gerade seine Eier verloren und das raubte ihm fast sein bisschen Verstand.

Die beiden setzten sich in eine stille Ecke und dann erklärte *Florence* dem gedemütigten, seines Stolzes beraubten, über die Maßen bedauernswerten, unglücklichen *Jaques* den Stand der Dinge.

Die bisher schicksalsergebene, sich drein fügende *Florence* war zu neuen Leben erwacht. Ihr dahin dämmernder Verstand hatte seine alte Schärfe wiedergewonnen. *Florence* war wieder zurück im Leben.

„Hör gut zu!", sagte sie mit klarer, fester Stimme, *„hör gut zu, was ich dir sage, es ist für uns beide von größter Wichtigkeit:"*

„Wir haben zwei Möglichkeiten:
Wir rennen zu deinem Vater und erzählen ihm die Wahrheit. Das würde bedeuten, dass ich dich und das Hotel verlasse und Pascal seinen geliebten Enkel verliert. Das würde aber auch bedeuten, dass du – erwiesenermaßen –

der Versager bist, für den dich dein Vater ja sowieso schon hält. Und es würde auch bedeuten, dass du für deine Freunde nicht mehr der Stier sondern der Ochse der Croisette bist. Willst du das alles?"

„Oder:
Ich nehme die Schuld der Unfruchtbarkeit auf mich, indem ich sage, dass meine Eierstöcke verklebt sind und dass ich daher keine Kinder mehr gebären kann. Dein Vater versteht das sowieso nicht und der Docteur darf nichts sagen. Das würde bedeuten, dass Pascal auf seinen Lieblingsenkel nicht verzichten muss, dass du weiterhin sorgenfrei leben kannst und dass du für deine Freunde der Stier der Croisette bleiben wirst."

„ Es liegt jetzt ganz bei dir."

Jaques war in sich zusammen gesunken. Er sah aus, wie ein Luftballon, dem die Luft in mehreren kleinen Dosen entwichen war.

Im war bewusst, er hatte die Wahl zwischen Pest und Cholera; denn *Florence* hatte ihre Trümpfe sicher noch nicht alle ausgespielt.

Doch für den Augenblick ließ es *Florence* dabei bewenden. Sie hatte aber eine genaue Vorstellung darüber, wie es weiter gehen sollte.

Als sie *Pascal* die traurige Kunde brachten, dass es keine weiteren Enkelkinder mehr geben würde, stimmte es ihn für einen kurzen Augenblick traurig.

"Ach! Was soll`s! Ich habe ja meinen kleinen Philippe!"

Was *Florence* erleichterte, ließ *Jaques* leicht zusammen zucken. Er wusste, dass *Florence* die Bombe jederzeit platzen lassen konnte.

Er hatte sich auch damit abgefunden, dass er das Bett nicht mehr mit seiner Ehefrau teilen durfte. Diesen Teil der Abmachung zu erfüllen, fiel ihm jedoch nicht wirklich schwer. Der *„Stier der Croisette"* hatte ja genug andere Möglichkeiten.

Als das Jahr zu Ende ging, zog *Florence* ihrem Gatten den letzten Zahn. Sie machte ihm ein Weihnachtsgeschenk der ganz besonderen Art:

„Wir werden im kommenden Frühjahr auf Gut Montereau ziehen. Du wirst mitkommen und du wirst dir eine Geliebte nehmen. Du wirst dabei äußerst diskret vorgehen. Ich habe in Strasbourg eine kleine Wohnung, die du als Liebesnest benützen kannst. Die Nächte wirst du immer zuhause verbringen; jedoch mit gelegentlichen Ausnahmen Die Erziehung von Philippe wird ganz bei mir liegen. Du wirst jedoch der Vater sein und bleiben, zu dem ein Sohn aufblicken kann.
Das alles erhält dir deinen guten Ruf, die Yacht, dein Auto und die Liebe deines Vaters.
Du kannst natürlich auch NEIN sagen; aber dann..."

Florence sprach den Satz nicht zu Ende; warf aber einen bedeutsamen Blick in Richtung des geliebten Gatten.

"Es liegt jetzt ganz bei dir."

Und wieder sagte sie diesen Satz und sie genoss jeden einzelnen Buchstaben. Sie wusste, dass *Jaques* nicht wirklich eine Wahl hatte. Dazu war er viel zu sehr Realist und vor allem Materialist.

Pascal war anfänglich nicht sehr begeistert von dieser Idee, ließ sich aber von *Florence* bezirzen. Das Argument, dass der Junge auch Zeit mit seinem anderen *Grand-père* verbringen sollte und dass er später die renommierte und über die Grenzen Frankreichs hinaus bekannte *"École hôtelière de Strasbourg"* besuchen könne, was durch die guten Beziehungen ihres Vaters leicht möglich wäre, überzeugte ihn jedoch.

Diesen Köder schluckte *Pascal* mit größter Freude.
Die "École hôtelière de Strasbourg", welcher Klang!
Und außerdem könnte er seinen Liebling, so oft er nur wolle, auf Gut Montereau besuchen. Ihren Vater würde das sicher sehr freuen.

Sie bat den Papa in Gedanken um Entschuldigung, denn das war eine faustdicke Lüge.

Und so geschah es, dass *Florence,* nach einer langen Irrfahrt, im Frühjahr 1962 nach *Gut Montereau* heimkehrte und sich selbst und ihren geliebten Papa über die Maßen glücklich machte.

Die nächsten Jahre vergingen wie im Flug. *Philippe* hatte reiten gelernt, *Jaques* hatte eine Geliebte in *Strasbourg* gefunden und er bemühte sich mit erkennbarem Erfolg um seinen Sohn. Die beiden hatten zusammen gefunden und die Tatsache, dass er nicht der leibliche Vater von *Philippe* war, stand keinen Augenblick zwischen den beiden.

Überhaupt hatte sich *Jaques* zu seinem Vorteil verändert. *Florence* erwischte sich manchmal dabei, dass sie erwog sich mit ihm zu versöhnen.

Doch das Zurückliegende hatte sie zu sehr verletzt und so blieb das Schlafzimmer weiterhin für *Jaques* verschlossen.

Die Begründung, dass sie getrennt schliefen, fanden sie darin, dass *Jaques* fürchterlich schnarchen würde und das nahm man ihnen auch ab.

Das Jahr 1966 war ein ganz besonderes Jahr: *Philippe* kam in die Schule.

Er war von Anbeginn ein aufmerksamer Schüler und er hatte Freude am Unterricht.

Wenige Wochen später pochte das Schicksal an die Tür von *Florence*.

Der *„Dentiste scolaire"* kam in die Schule von *Philippe*.

Sein Name war *„Docteur Paul Darrieux"*.

Als der kleine *Philippe* vor ihm stand und als *Paul* in der Liste den Namen *„Philippe de Rambour"* las, fragte der *Docteur* den kleinen Mann nach dem Namen seiner Mutter.

„Meine Mama heißt *„Florence de Rambour"*.

Paul wurde schwarz vor Augen. Er musste sich zusammenreißen, dass er nicht vom Stuhl fiel. Das Kind, dessen Zähne er gerade untersuchte, war das Kind von *Florence*, seiner *Florence*.

„Ich muss mit deiner Mama über eine Zahnregulierung sprechen."

Und zu der Lehrerin gewandt: *„Bitte, unterrichten Sie Madame de Rambour davon."*

Als *Philippe* nach Hause kam, hatte er einen Brief der Schulleitung dabei, den er seiner Mama übergab.

Florence öffnete den Brief, in welchem stand, sie möchte einen Termin bei *Docteur Darrieux* ausmachen. Es ginge um eine potentielle Zahnregulierung für *Philippe*.

Florence wusste sofort, wer das war. Und sie wusste auch, dass die Zahnregulierung ein Vorwand war. Sie war mit *Philipp* regelmäßig bei ihrem Zahnarzt und da war nie die Rede von einer Zahnregulierung.

Trotzdem nahm sie am nächsten Morgen den Telefonhörer ab und wählte die Nummer der Zahnarztpraxis von *Docteur Darrieux*.

Florence war überrascht, dass sie einen so zeitnahen Termin bekam, dachte aber im selben Augenblick daran, dass *Paul* die Dame am Empfang in Kenntnis gesetzt haben könnte, dass einer *Madame de Rambour* ein sofortiger Termin zu geben sei.

Als sie zwei Tage später mit klopfendem Herzen vor *Paul* stand, hatte sie weiche Knie. Sie stand einem Mann gegenüber, der nicht nur die Liebe ihres Lebens war, sondern auch der Vater ihres Sohnes.

„Bonjour, Madame de Rambour! Bitte, nehmen sie Platz!"

„Hör auf! Bitte Paul, hör auf!"

Florence sagte das mit einer solchen Heftigkeit, dass sie selbst erschrak.

Dicke Tränen rannen ihr dabei über ihr Gesicht. Als *Paul* das sah, kam er hinter seinem Schreibtisch hervor, umarmte seine *Florence* und küsste sie mit einer solchen Leidenschaft, dass *Florence* beinahe die Luft wegblieb.

„Meine Florence, meine geliebte Florence. Endlich habe ich dich wieder!"

Florence war derart aufgewühlt, dass sie gar nicht sprechen konnte. Dabei gab es so unendlich viel zu sagen. *Paul* hatte das bemerkt. Er hielt sie fest umarmt und dann sagte er:

„Sag nichts, mein Engel, sag nichts. Alles wird gut. Ich liebe dich, ich liebe dich so sehr. Alles wird gut!"
Paul rief die Dame vom Empfang herein und sagte ihr, sie möge alle Termine für heute absagen und die

Patienten im Wartezimmer nachhause schicken. Es handle sich um einen Notfall.

Dabei hätte er am liebsten laut geschrien, dass es sich um einen Glücksfall handle und nicht um einen Notfall.

„Lass uns hinunter zum Fluss gehen, so wie früher."

Paul sagte das so liebevoll, dass *Florence* überglücklich war.

Als sie am Ufer des Flusses saßen, tauschten die beiden ihre Lebensgeschichten aus. *Paul* war Junggeselle geblieben. Es hatte nach *Florence* verschiedene Liebschaften gegeben; aber keine Liebe.

Florence konnte nicht anders. Heiße Tränen rannen ihr über das Gesicht.

„Du Lieber! Du lieber, lieber Paul!", stammelte sie immer wieder. *„Kannst du mir je verzeihen?"*

„Das habe ich schon längst und ich habe nichts mehr bereut als mein dummes Verhalten damals."

„Nein, nein, sag das nicht! Dumm verhalten habe ich mich damals; nur ich. Du hast richtig gehandelt; denn ich habe es nicht anders verdient!"

„Wollen wir nicht einen Schlussstrich ziehen und nach vorne schauen?", sagte *Paul* und er sah dabei in das verweinte Gesicht seiner *Florence.*

„Möchtest du das denn?", fragte *Florence* ängstlich.

"Es gibt nichts, was ich mehr möchte. Ich möchte dich nie mehr verlieren."

"Das musst du auch nicht!"

Florence kämpfte heftig dagegen an, *Paul* die Wahrheit zu sagen. Dass er der Vater von *Philippe* wäre und nicht *Jaques*.

Aber sie wusste, dass dürfe sie nicht. Das konnte sie dem kleinen *Philippe* nicht antun. Vor allem jetzt, wo er und *Jaques* ein so inniges Verhältnis entwickelt hatten.

Es musste einen Weg geben, der beides ermögliche: Ihre Liebe zu *Paul* und die Ehe mit *Jaques*.

"Jaques und ich führen eine Ehe, die keine Ehe im üblichen Sinn ist", begann *Florence* eine Erklärung für ihr Verhältnis zu *Jaques*.

"Wie soll ich das verstehen?", antwortete *Paul* völlig überrascht.

"Lass es mich dir erklären", fuhr *Florence* fort.

"Wir haben getrennte Schlafzimmer und Jaques hat eine Geliebte in Strasbourg."

Florence schaute in das völlig erstaunte und verwirrte Gesicht von *Paul*.

"Wir haben uns auseinander gelebt; aber weil Jaques ein guter Vater für Philippe ist, halten wir die Ehe nach außen hin aufrecht."

Als sie *Jaques* als den guten Vater von *Philippe* bezeichnete, schnürte es *Florence* fast die Kehle zu. Alles in ihr drängte danach *Paul* die Wahrheit zu sagen; aber es ging nicht. Es durfte einfach nicht sein.

Paul musste erst einmal schlucken. Das war schon starker Tobak, den *Florence* ihm gerade vorsetzte. Er war sich nicht sicher, ob er damit umgehen könnte und selbst wenn, wie sollte das gehen?

Florence nahm ihm die Antwort ab. Es war, als hätte sie seine Gedanken lesen können.

„Jaques geht seinen Weg und ich gehe meinen Weg. Und mein Weg führt zu dir, mein Liebster, wenn du das noch immer willst."

„Wie kannst du fragen; natürlich will ich. Ich will es so sehr, dass es schon fast weh tut. Ich habe dich über all die Jahre so vermisst…"

Als *Florence* nach diesem Treffen wieder nach Hause kam, bat sie *Jaques* um ein Gespräch.

„Ich habe heute Paul getroffen."

Die beiden sahen sich an und schwiegen. Jeder erwartete vom anderen, dass er was sagen möge.

Jaques erlöste das Schweigen mit der Frage nach dem *„wo?"*

„In seiner Praxis. Paul ist Zahnarzt."

„Wie geht es ihm?"

„Ich glaube, es geht ihm sehr gut."

„Das freut mich."

„Ich habe ihn für Samstag zum Essen eingeladen."

„Hierher zu uns?"

„Ja; es ist dir doch recht?"

„Aber natürlich; ich freue mich darauf ihn wieder zu sehen."

Damit war der förmliche Teil dieses skurrilen Gesprächs beendet.

„Hast du ihm von Philippe erzählt?", fragte Jaques ängstlich.

„Natürlich! Das war ja der Grund meines Besuchs in seiner Praxis."

„Das verstehe ich nicht."

„Paul ist Schulzahnarzt und hat so Philippe kennengelernt.

„Aha. Und weiß er...?"

„Ja!"

Jaques war zu Tode erschrocken. *Florence* genoss es, schämte sich aber im selben Augenblick über ihre Gemeinheit. Sie erlöste *Jaques*:

„Ja, Paul weiß, dass du der Vater von Philippe bist! Und so wird es auch bleiben."

Jaques zeigte sich sichtlich erleichtert.

Florence nützte die Verunsicherung von *Jaques* und erläuterte ihm in aller Sachlichkeit ihr Vorhaben.

„Ich werde mit Paul ein Verhältnis haben. Natürlich mit der gebotenen Diskretion. Und du wirst dich weiterhin mit deinem Liebchen in Strasbourg vergnügen. So ist uns beiden gedient. Ich hoffe, du siehst das genauso."

„Aber natürlich, meine Liebe!", bestätigte *Jaques* sofort, der sehr froh darüber war, dass alles beim Alten bliebe. Zumindest was seine Person betraf und seine Beziehung zu *Philippe*.

Florence musste ein Lächeln unterdrücken. *Jaques* hatte sie „*meine Liebe*" genannt. Das hatte es schon lange nicht mehr gegeben. Seine Erleichterung musste wirklich sehr groß gewesen sein.

Das Zusammentreffen von *Jaques* und *Paul*, anlässlich der Essenseinladung auf *Gut Montereau* verlief, zur Überraschung aller Beteiligten, völlig problemlos.

Vielleicht auch deshalb, weil es an diesem Abend nur Gewinner gab. Man ergab sich in belangloser Unterhaltung bei gutem Essen und einem guten Glas Wein.

Philippe hatte *Paul* artig mit „*Bonsoir Monsieur Docteur*" begrüßt, was dieser sogleich korrigierte:

„*Mein lieber Philippe, du kannst ruhig « Paul » zu mir sagen. den « Docteur » lassen wir einfach weg.*"

Und *Florence* setzte noch einen drauf:

„*Du kannst auch « Onkel Paul » zu ihm sagen. Er ist ein lieber Freund des Hauses und er wird jetzt öfter zu uns kommen.*"

Jetzt musste *Jaques* ordentlich schlucken und *Paul* war völlig überrascht.

„*Ich bin damit einverstanden und ich hoffe du auch*", sagte er zu *Philippe* gewandt.

Philippe schaute verunsichert. Erst zu seinem Vater und dann zu seiner Mutter. Als diese zustimmend nickte, antwortete *Philippe*:

„*Oui Monsieur!*"

Ein befreites Lachen begleitete diese Antwort, zumindest was *Florence* und *Paul* betraf. Bei *Jaques* wirkte es etwas leicht gequält...

***

Paul hatte seiner Mutter erzählt, dass er seine große Liebe wieder gefunden hätte und dass er so glücklich wäre. Und dann erzählte er ihr von dem Abendessen auf *Gut Montereau*.

Als *Élise Darrieux* diesen Namen hörte, gab es ihr einen Stich. Das Bild ihres Geliebten, *Hugo de Montereau*, tauchte aus ihrer Erinnerung auf.

Den Namen hatte sie in all der Zeit nie vergessen und sie hätte auch nach ihm suchen wollen, als der Krieg zu Ende war; aber sie hatte keine Adresse von ihrem Geliebten.

Als sie sich damals voneinander verabschiedeten, sagte *Hugo* zu ihr, *er würde sie finden nach dem Krieg; ganz sicher…*

Und nun hatte sie ihn gefunden; nach so langer Zeit.

Sie hatte, nach dem Krieg, lange auf *Hugo* gewartet; aber irgendwann nicht mehr daran geglaubt, dass sie ihn wiedersehen würde. *Wahrscheinlich ist er längst tot*, dachte sie damals. Und dann traf sie auf *Alain* und sie wurde seine Frau. Und schon bald kam *Paul* auf die Welt.

Élise hatte lange damit gezögert, ob sie *Paul* die Geschichte mit *Hugo* erzählen sollte; tat es dann aber doch.

Paul war fassungslos, als er die Geschichte hörte. Nie hätte er geglaubt, dass das Schicksal so verrückte Wege gehen könnte: *Seine Mama und Hugo de Montereau und jetzt Florence und er.*
Paul brannte darauf *Florence* und ihrem Vater die frohe Kunde zu überbringen. Es hatte ihn große Mühe gekostet seine Mutter davon zu überzeugen dies tun zu dürfen.

Wenige Tage später läutete es an der Tür von *Élise Darrieux*. Sie öffnete und blickte in einen großen Strauß weißer Rosen. Und sie wusste sofort, wer sich hinter den Blumen verbarg.

Nur einer konnte wissen, dass weiße Rosen ihre Lieblingsblumen waren und nicht die roten. Das wusste noch nicht einmal ihr Ehemann.

„Wohnt hier eine Élise Darrieux?"

„Nein, hier wohnt nur eine Elisabeth, die gleich in Ohnmacht fällt."

„Mein Gott! Bist du das wirklich?"

„Ja, ich bin es, Hugo. Komm bitte herein!"

Und dann erzählte *Hugo* seine Geschichte und *Elisabeth* die ihre. Sie erzählte, dass sie, nach dem tragischen Tod ihrer Eltern, nicht mehr in das elterliche Haus zurück gekehrt sei, weil sie die Erinnerung zu sehr schmerzte.

Und *Hugo* erzählte von seinem Besuch nach dem Krieg in Breisach und dass man ihm erzählt hatte, dass alle in dem Haus Nummer 14 im Turmweg umgekommen wären.

Und auch, dass ihn die erste Begegnung mit *Paul,* vor vielen Jahren, sehr berührt hätte, ohne zu ahnen, warum das so war.

Ähnlich war es *Elisabeth* ergangen, als sie zum ersten Mal auf *Florence* getroffen war. Nur mit dem Namen „*de Rambour*" konnte sie natürlich nichts anfangen.

Stunde um Stunde verging und die beiden wieder Vereinten konnten gar nicht mehr aufhören zu erzählen. Es dauerte eine geraume Weile, bis sie sich endlich küssten und das Glück umarmte sie mit beiden Armen.

Dann ging alles sehr schnell. *Elisabeth* löste ihre Wohnung auf und zog auf *Gut Montereau*. Elisabeth hatte sich anfänglich noch etwas gesträubt. Sie gab zu bedenken, es könnte etwas übereilt sein.

Hugo ließ das aber nicht gelten. Mit dem Argument, dass sie die wenige Zeit, die ihnen noch verbleiben würde, nützen sollten, hatte er *Elisabeth* überzeugt.

Elisabeth war schon vor vielen Jahren von *Alain* geschieden worden. Sie hielt seine vielen Eskapaden einfach nicht mehr aus. Sogar *Paul* hatte ihr zu diesem Schritt geraten.

Das gemeinsame Haus wurde verkauft und *Elisabeth* nahm sich eine kleine Wohnung. *Alain* war später nach Amerika gegangen, wo er seine Rennfahrerkarriere beendete.

Die Zusammenhänge der Lebensgeschichte von *Elisabeth* und *Hugo* blieb das Geheimnis von den beiden, sowie von *Florence* und *Hugo*. Alle anderen ging das nichts an.

Die Trauung von *Hugo de Montereau* und seiner *Elisabeth* vollzog sich in aller Stille und in engstem Rahmen. *Hugo* war es wichtig, dass *Elisabeth de Montereau* die neue Herrin auf *Gut Montereau* wurde.

Florence unterstützte das Begehren ihres Vaters aus vollem Herzen und sie nahm ihre neue Mutter mit größter Freude an. Sie hatte *Elisabeth* zuvor gebeten sie „*Mama*" nennen zu dürfen, was diese mit großer Rührung annahm.

1973 war der achtzigste Geburtstag von *Hugo de Montereau*. Viele Freunde waren gekommen und auch die neue Verwandtschaft von der *Côte d`Azur*.

Grand-père Pascal freute sich, bei dieser Gelegenheit wieder einmal seinen Lieblingsenkel *Philippe* zu treffen. *Philippe* war inzwischen schon zu einem jungen Mann heran gereift.

Was den *Hôtel-Grand-père* etwas verunsicherte, war der sehr liebevolle Umgang seines Enkels mit einem gewissen „*Oncle Paul*".

Pascal bildete sich ein diesen Herrn zu kennen. Als er, selbst nach längerem Nachdenken, nicht dahinter gekommen war, wer dieser Herr war bzw. von wo er ihn kannte, verwarf er den Gedanken.

Es lagen ja doch schon etliche Jahre dazwischen und *Paul* war auch älter geworden. Und sein Erscheinungsbild hatte sich wohl auch etwas verändert in den Jahren.

Als *Florence* ihrem Schwiegerpapa eröffnete, dass *Philippe* im Herbst die ersehnte Ausbildung auf der

"*École hôtelière de Strasbourg*", beginnen würde, da musste *Pascal* ein paar Tränen verdrücken. Die Freude war einfach zu groß.

Als sich der erste Trubel etwas gelegt hatte, entschuldigte sich *Hugo der Montereau* bei seinen Gästen mit der Bitte sich für ein Stündchen zurückziehen zu dürfen.

Er bat *Elisabeth* sich weiter um die Gäste zu kümmern und *Florence,* ihn auf sein Zimmer zu begleiten.

Auf dem Zimmer angekommen, bat er seine Tochter sich zu ihm zu setzen. Dann schaute er seinem Liebling lange in die Augen.

„Mein Liebling! Dein Vater ist heute achtzig Jahre alt und er ist müde. Und er hat einen großen Wunsch, dessen Erfüllung in deinen Händen liegt."

„Ganz egal, was es ist. Wenn es in meiner Macht steht, so werde ich dir diesen Wunsch von Herzen gern erfüllen!"

„Nun gut, mein Liebling. Dann sage mir, wer der Vater von Philippe ist."

Florence erstarrte. Sie wollte antworten; konnte aber nicht.

„Ich will dir helfen. Ist es Paul?"

Unter Tränen brach es aus *Florence* heraus:

„Ja, es ist Paul."

„Ich habe es mir gedacht. Und weiß er es?"

„Nein; ich habe es ihm nicht gesagt."

„Wann willst du es ihm denn sagen?"

„Irgendwann einmal; nur nicht jetzt."

„Das ist gut so. Aber warte nicht zu lange damit."

„Ja, Papa!"

„Jetzt wische dir die Tränen ab und geh wieder zurück zu den anderen. Es ist alles gut. Ich schlafe ein wenig und dann komme ich auch. Und schicke mir bitte Elisabeth!"

Es waren die letzten Worte des *Hugo de Montereau*. Mit der Antwort auf die Frage, die ihn schon länger quälte und die ihn froh stimmte, schlief er ein. Er wusste, es würde alles gut werden. Sein Mädchen würde es schon recht machen und seine Elisabeth würde ihr dabei behilflich sein.

Zwei Jahre später, am 13. Oktober 1975 klopfte der Tod schon wieder an die Pforte von *Gut Montereau*.

Jaques hatte einen Autounfall. Er war auf nebelglatter Straße ins Schleudern gekommen und mit hoher Geschwindigkeit gegen einen Baum gefahren. Der Notarzt konnte ihn zwar wiederbeleben, aber auf dem Weg ins Spital ist *Jaques* dann verstorben.

Zur Beerdigung von *Jaques* kamen seine Eltern und ein paar Freunde von früher. *Florence* und *Elisabeth* hielten *Philippe* an ihrer Hand. Der sechzehnjährige weinte bitterlich um seinen Vater.

Als *Maître Renard* den verhängnisvollen Brief an *Philippe* übergeben hatte und *Philippe* die Wahrheit über seine Herkunft auf drastische Weise erfuhr, war dies für *Florence* wie eine späte Rache aus dem Grab heraus.

Sie hatte *Jaques* über viele Jahre dominiert und jetzt triumphierte *Jaques* über sie. So zumindest empfand es *Florence*. Sie hätte *Philippe* irgendwann später auch die Wahrheit gesagt; nur eben viel einfühlsamer.

Jetzt sah sie sich einem sechzehnjährigen, zornigen und enttäuschten jungen Mann gegenüber, für den eine Welt eingestürzt war und dessen Vertrauen sie verspielt hatte.

Es würde wohl sehr lange dauern, bis sie wieder eine Basis finden könnten, auf der sich Mutter und Sohn in Liebe und Respekt begegnen könnten.

Aber die Zeit würde alle Wunden heilen und *Grandpère Pascal* würde, trotz dieser skandalösen Enthüllung, seinem Lieblingsenkel *Philippe*, der er immer sein würde, das Hôtel übergeben.

Und *Paul*, der falsche „Oncle Paul" und echte Vater von *Philippe* würde irgendwann in die Familie eingebunden sein...

***

Und hier schließt sich nun der Kreis.

Was mit *Napoléon* begonnen hatte, fand auch sein Ende mit Napoléon.

Am 01.01.1993 übernahm *Philippe Pascal, Hugo de Rambour* das „*Hôtel Napoleon*", zusammen mit seinem Lebensgefährten *Didier*.

Was der „*Held von Montereau*" und Günstling *Napoléons, August de Montereau* von dieser Liaison hielt, wird kein irdisches Wesen je erfahren; es wird für immer ein himmlisches Geheimnis bleiben.

In diesem Jahr wäre der *Comte Hugo de Montereau*, Vater von *Florence de Rambour* und Großvater von *Philippe de Rambour,* sowie Ur-Ur-Urenkel des *Helden von Montereau, Auguste de Montereau* übrigens einhundert Jahre alt geworden…

Auguste de Montereau